住川明彦・住川美恵 著

ボーダーインク

PROLOGUE

　羽田発、ミラノ行きの飛行機は定刻より10分早く離陸した。
　出発から既に3時間、隣では、5歳になったばかりの息子が、子供には、やや大きすぎるヘッドホンを肩でうまく挟みながら、画面に映る、最新作のディズニー映画を食い入るように見ている。通路を挟んだ席には、アイマスクをした主人が、シートを180度リクライニングにして爆睡している。
　ふと顔をあげると、窓には私の顔がぼんやりと映し出された。
　手にしている2杯目のシャンパンを一気に飲み干し、フーッと小さく息を吐き、もう一度、窓に浮かぶ自分の姿を見つめた。
「振り返れば、随分いろんなことがあったな……」
　そんな想いを抱きながら、私はまた、この本の原稿の続きを書きだした。

　私は、山形県と宮城県の県境に位置し、東北の南北に延びる日本最長の山脈である奥羽山脈の麓に生まれた。
　近くには一級河川が流れ、田んぼと畑に囲まれた、いわゆる何もない、のどかな片田舎であった。冬には2メートル程の雪が積もり、全ての景色が銀世界に変わった。
　子供の頃から私は、何をやってもうまくいかない、いわゆる「もってない」人間だった。

みんなで焚き火をして、焼き芋を焼いても、私の焼き芋だけ何故かいつも焼けず、それでも焼こうと試みると、今度は黒焦げになってしまう。

　何をやっても、貧乏くじを引くのは決まって私だった。

　学生時代も、試験やイベントがある日に限って熱が出たり、修学旅行で迷子になったり、大事な時に携帯を落としたり、雪道の中、下校の際に凍結した歩道で転ぶのは間違いなく私であった。

　社会に出た私は、「もってない」に更に拍車がかかり、新車を買って3か月で、単独事故を起こし、付き合う彼氏は全てロクデナシばかり……挙句の果てには、騙されて多額の借金まで背負わされてしまうありさまだ。

　そう、あの日あの時あの場所で、あの運命的な出会いをしていなければ、私の人生は一体どうなっていたのだろうか。

　彼に出会うまでの私は、「自分は幸せとは無縁なんだ」と思っていた。幸せは追い求めれば逃げ出し、手に入れてもすぐに消えるシャボン玉みたいなものだと思っていた。

　だから、いつの間にか私は、幸せなんかになれないんだと、諦めていた。

　私の歩む人生には、辛い事、苦しい事が多く、事あるごとにつまづき、挫折をしてきた。でも、それは、「自分に課せられた運命なんだから、しょうがない」と、頑なにそう信じていた。

次第に、心の底から笑う事すら忘れてしまっていた。

そんな私に、彼は教えてくれた。

「幸せは、人から与えられるものでもないし、求めるものでもないんやで。自分が幸せやと思った瞬間から幸せは始まってるんやで。
　その事に皆、気づかへんから、なんで、自分だけが……と、もがき苦しみ、道に迷い、嫉妬し、世間や他人を妬んだりするんや。

　人生はそもそもな、難しく考えたらあかんね、難しく考えると、ますます道に迷うねん。
　人生には目に見えへん流れみたいなんがあるんや。その流れに逆らったらアカン。けど、流されてもアカン。潮目があるんや。その潮目の見極めさえ間違えへんかったら、人生なんかそんな難しいもんやないんやで。

　重荷を背負って、歯を食い縛って生きて行く事が間違いやとは言わん。けど、大半は背負わんでもええもんを背負ってたり、背負い方が間違えてるだけなんや……。
　たしかに、人生は楽やない、けど、それが面白いんや。
　もしも、予想外の人生になっても
　その時幸せやと思えたら、それでええやん！
　だから俺はいつでも幸せやねん」

そう、だから、あの出会いの日から私の**「幸せ」**もすでに始まっていたのだ……。

contents

PROLOGUE ──────────── 2

SIDE YOSHIE ──────── 7

SIDE AKIHIKO ──────── 37

THE STORY OF US ──── 173

EPILOGUE ──────────── 287

私を変えた あっくんの魔法の言葉 ── 294

遺言 ──────────── 307

SIDE YOSHIE

CHAPTER 1
赤い糸 〜ピンクのマフラーと汚れたスニーカー

　2007年、冬。クリスマスの明かりが灯り始めた東京の街は、いつもよりもにぎやかさを増して、友達同士や恋人同士で行き交う人達も浮き足立って見える。

　私は疲れた体を引きずるように地下鉄を降りた。

　今日は、毎月の支払いの日だ。だから余計、疲れていた。

　日中の仕事は終わったけれど、これからポスティングのバイトがある。仕事の間にも携帯へは何度か着信があったらしく、留守電には、借金の返済日を知らせる督促のメッセージが残されていた。

「ふ〜っ」と、人目も気にせず、思わず深い溜息がもれる。視線の先には、ショーウィンドウに映る、お世辞にも20代のキラキラ女子とは言えない風貌の、なんとも冴えない自分の姿があった。

　カサカサの唇をキュッと噛んで、そんな自分から目を逸らした。

　ポスティングのバイトが始まるまで2時間ある。富士そば、吉野家、マクドナルド、ファストフードが並んでいる飲食店街の傍を通ると、「グ〜ッ」とお腹が鳴った。

「そういえば、お腹空いたな……」

　声に出してみたものの、財布の中身は笑ってしまうくらいすっからかんだった。

　薄い生地のスニーカーに、冬の冷たい風が吹き付ける。

かじかんだ足をグーパーしながら、しばらくぼんやり歩き続けると、
「お母さん！写真撮りに行こ〜！」とはしゃいだ声が聞こえた。
　暖かそうなダウンに手袋をした5歳位だろうか、小さな男の子が母親のコートの先を掴み、「あっち、あっち！」と赤い顔をしながら、嬉しそうにせがんでいる。男の子の指さしたその先には、赤や黄色、緑やピンクのカラフルな電飾で彩られたメリーゴーランド、そして、その隣には巨大なクリスマスツリーがそびえたっていた。ツリーに沿って白色のＬＥＤ電球が上から下へと、まるで光の滝の様に流れ、一瞬ごとに変わる、色とりどりの光の波に引き込まれるかのように、思わず、私は駆け足で近寄っていた。
「うわ〜、きれい！」
　クリスマスツリーの周りには、写真を撮るカップルや親子連れで賑わっている。寒さなど誰一人気にする気配はなく、皆一様に携帯やカメラを片手に、白い息を吐きながら、最高の笑顔を見せていた。大きなハートと天使のイルミネーションは人気の写真スポットのようで、その下にある白いベンチのカップルは、顔を寄せ合っている。
　私は、目の前に映る光の輝きに時が止まったようだった。
　次の瞬間、急いで、使い古したななめがけのショルダーバッグに手を入れ、レモンイエローの小さな折りたたみの携帯を取り出した。
「私もこの瞬間を撮りたい！」
　別世界のようなこの景色に久しぶりに気分が高揚し、お腹が空いたこともすっかり忘れていた。きらめくイルミネーションをバックにして、カメラを自分側に向ける。寒さで手が震えてピントがなかなか合

わず、小さな画面に、笑ったような困ったような自分の顔が現れては消えた。シャッターボタンを何度か押してみたけれど、一枚もうまく撮れなかった。
「やっぱり、何をしてもうまくいかないな……」
　すっかり現実に引き戻され、ため息交じりに呟いた、その時だった。
「さっきからずっと見てたけど、君、ドンくさいな、貸してみ！　俺がキレイに撮ったるから！」
　そして、私の手から小さな携帯をさっと奪い取り、その人は言った。
「撮るぞ！　笑え！」
　その人は、ピンクの派手なマフラーをまいた、一見30代くらいの派手な顔立ちをしていた。コテコテの関西弁の勢いに、当然ビックリもしたが、
「あれ？　これ、ここ押すんかな、実はオレも苦手やねん（笑）」
　そうはにかんだその顔に、なぜか笑えてきて
「ありがとう！」
　と思わずお礼を言ってしまった自分がいた。
「しっかし、自分、えらい靴汚いな〜」
　一通り写真を撮り終えて、私に携帯を返しながら、その人は、薄暗い中、イルミネーションに照らされてしまった、私の汚れたスニーカーを見逃さずにそう言った。
　ポスティングで、毎日何キロも歩き倒したその靴は、明らかに20代の女の子が履くそれとは違っていた。彼の目には、異質な物に映っていたのかもしれない。しかし、見上げた彼の表情とその言葉は、例

えれば、親や兄弟、親戚、古くからの友人のような暖かさがあった。

　そして、そのくしゃくしゃっとした笑い顔に、なぜか、私も笑っていた。
「しかし、さっむいな〜」
　その人は言った。
「あ、せや、そこの一蘭のラーメン屋、旨いから、腹も減ったし、食いに行かへんか」
　ラーメンと聞いて、またお腹が「グ〜ッ」と大きく鳴った。思わずお腹を押さえた私を、知ってか知らずか、彼は「行くで〜」とそのままスタスタ歩き始めていた。私は慌てて彼を早足で追いかけた。
　真っ赤な暖簾をくぐると、彼は、すでに券売機に千円札を入れ
「ライスはいるか？」
　と聞いてきた。
「は、はい」
　返事をした私に、食券を手渡すと、カウンターで横並びに座った。
　しばらくして、とんこつ博多ラーメンが出てきた。
　二人は特別会話をすることもなく、黙々と美味しいラーメンをあっという間に平らげた。彼は、食べ終えた後、「ふ〜っ」と大きな息を吐き、ラーメンの器を凝視し、チラッと私の方を見て
「まだもうちょっと食えるわな。替え玉注文しよか？」
　私は
「ありがとう、でももうお腹いっぱい、満腹です！」
　と答えたら、彼は、

「せやな、これ以上食うたら太るし、俺もやめとくか」

と言ってコップの水を一気に飲み干し、爪楊枝を口にくわえたまま
「ほな、帰ろか」

と勢いよく席を立った。

二人で食べたラーメンは、私のぽっかりあいた心を、何よりも温めてくれた。幼いころ、よく父に連れて行ってもらったラーメン屋のことを思い出した。

上手く言葉には出来ないけど、なぜか懐かしい気持ちになった。
「ほんなら、また、気が向いたら電話でもしてこいや。お前のボロボロの靴、新しいのに買い替えなあかんしな」

と言って、例のくしゃくしゃっとした笑顔を浮かべ、電話番号をメモに書き、私に手渡すと、自分のピンクのマフラーをそっと私の首に巻いた。
「風邪ひきなや」

と背中を丸め、寒そうに立ち去って行ったその人の後ろ姿を見て、なんだか、久しぶりに心から笑ってしまった。

私は心の中で、下手な関西弁を真似て、
「お前こそ風邪ひきなや」

と呟いた。

彼が首に巻いてくれたマフラーから、微かに香水の香りが漂っていた。どこのブランドかは分からないが、それだけでなぜか優しい気持ちになれた。

また、会いたいな……素直にそう思える自分に、正直、驚いた。

CHAPTER 2
カニと福袋、そして、新しい靴!

　初めての出会いから、間もなくして、私は携帯を握りしめていた。ボタンを押そうとしては躊躇って、何度かそれを繰り返し、遂にボタンを押した。なんて言おう……。コールを聞きながら、口から心臓が飛び出しそうなほど、ドキドキしていた。こんな気持ち、いつぶりだろう……。
「はい!」
　勢いよく出た電話の声が、あの日、一緒にラーメンを食べたあの人の声と全く一緒だったことに、ホッとした。
「もしもし、だれ?」
　そうだ、しゃべらなきゃ、でも言葉がおもいつかず、
「あ、あの、この間……」と言い淀んでいると、
「あ、もしかして、この前一緒にラーメン食べた、靴ボロボロのやつか? やっぱり、そやろ! すぐ会いたくなったんやろ!」
「そ、そうなんよ(笑)」
　ついへたくそな関西弁で返してしまった。
「なんや、その変な関西弁(笑)　ところで飯でも食いに行かへんか? 何が好きなん?」
「えっっ?」
「食べ物や、食べ物!」

「えーっと、カ、カニかな？」

「よっしゃ、ほんなら、カニ食べに行こうか！ 今日、夜空いとるん？」

「き、今日⁉ 大丈夫です！」

「ほんなら、8時に大手町！ 半蔵門線のとこな。靴も買うたらなあかんしな（笑）。8時やで！」

「わ、分かりました！」

「で、名前、なんていうん？」

「えーっと、柴里、シバサトヨシエです」

「ヨシエやな！ おれはあっくんや（笑）。ほんなら、あとでな！」

　ガチャンと切れた。この間のお礼と、マフラーを返すね、と、風邪ひかなかった？ とか、色々言いたかったことあったのに、言えなかったじゃん（笑）

　電話が切れた後、しばらく、ボーっとしていた。そして、一人でクスクス笑った。

　8時になる30分前にその場所に着いたのに、あっくんはもうすでに立って待っていた。大きく手を振って、こっちこっちと言っている。あいかわらず、派手な顔立ちだが、今日は黒いマフラーを巻いていた。

　私は勢いに負けないように、早足に近づくと、あっくんより先に話し出した。

「この間はありがとうございました、ラーメンとか、あと、マフラー、お返しします！」

　と、私の小狭い部屋の中をそこら中探し、一番上等に見えた紙袋

にピンクのマフラーを入れ、差し出した。
「(笑)この袋、えらい縁起良さそうやん」
　去年の正月に買った文房具の福袋のそれは、白地に赤の丸、そこに大きく福と書いていた。
「こんなん、よう持ち歩けたな(笑)持って帰るん恥ずかしいから、預かっとてーや(笑)」
　あっくんははにかみながらそう言った。
「(笑)ありがとう」
　とぼけたその福の袋は、私に福をもたらしてくれた気がした。

カニが泳ぐ水槽を横目に、あっくんは手際よく注文してくれ、私が緊張しているのが分かるのか、面白い話をたくさんしてくれた。「カニはやっぱり松葉やで」とか、私が何でカニを好きなんかとか、「カニしゃぶが旨いで〜」とかカニが有名な城崎の話とか、カニ談義を一通り終えた所で、急に真面目な顔をして、話を始めた。
「お前にどんな事情があるのかは分からへんけど、ボロボロの靴は履かん方がエエ。足元はその人を写す鏡なんや。だいたい、足元（靴）を見ると、その人がどんな生活で、どんな性格の人間なんかよく分かるね。だから、どんな時でもきれい靴履いとかなあかんねんで。とはいえ、いつも新しい靴買って履かんでもええから、いつもありがとうって感謝してたまには、洗ってあげやんと。ほんなら、靴も喜ぶわ（笑）」
　私は、この言葉を聞いて目からウロコが落ちた。
　確かに、貧乏人は、靴を買う余裕なんかない。その日の食べるもの、その日に生きるための金を優先してしまうから、靴や服、装飾品は後回し、最後のさいごになる。
　ただ、その考えならば、一生、汚い靴を履くことになるだろう。いくら汚い靴でも、綺麗に洗ったり、メンテナンスしたりは出来るだろう。今は500円で買える靴もある。金がないから、靴は汚くてもいい、しょうがない、その考えこそが、負の始まりなんだと、私は学んだ。
　それからは、ボロボロのスニーカーを定期的にきれいに洗ってあげることにした。今まで履くたびにみすぼらしい気持ちになってい

たその靴も、綺麗に洗ってあげることでヴィンテージの雰囲気を醸し出してきて、不思議と愛着がわいてきた。

　何気ないことだけど、感謝の気持ちを持つと行動が変わってくる。そうすると物の見え方も違ってくるんだと、あらためて気付かされた。もちろん、後日行った彼の部屋の靴箱には、きちんと磨かれた靴が並んでいた。

　私は今でも、いつでも綺麗な靴をはくように心掛けている。

こんなおいしいカニ
初めてじゃ〜!!

CHAPTER 3
一本の電話と初めての飛行機

　それから何度か、二人で食事に行き、ちょうど、その年が明けた正月のことだった。

　仕事が休みということもあり、小狭い五反田のアパートの一室で、正月特有の、おせちのうんちくや、おきまりの漫才なんかのテレビ番組をボーッと眺めていた。

　あっくんは、年末から神戸って言ってたし、つまらないな。

　その時、一本の電話が鳴った。

「おー、なにしとるん？　どうせ、俺がおらんと暇やから、昼間から酒でも飲んどったんやろ（笑）今日はな、正月早々、お前に伝えたいことがあるんや！　ほんまは会って言うのが一番なんやけど、照れくさいし……電話で言うけど、俺と付き合わへんか？」

　付き合う？　私とあっくんが？

　ついこの間知り合ったばかりなのに……。

「付き合うって、私の何を知ってるの？　何もまだお互いのこと知らないのに、そんな簡単なものなの？」

　つい、ムキになった口調になってしまったことに、あ、何言っちゃったんだろう、私。その時、あっくんは、さっきとは打って変わり、真面目な声で言った。

「ヨシエは、人を好きになるのに、いちいち理由をつけなあかんのか、

確かに、お前と出会ったばっかりで、お前のことは、何にもわからん。でも、俺は、お前と飯食べて、帰るのを見送ると、すぐにまた会いたいなって思うねん。それが人を好きになることちゃうんか？」
「もうええ、分かった」
「あ、ゴメン」

　私が言い終わらないうちに、電話は切れた。

　私は、恋愛に臆病になっていたのかもしれない。もう、当分は人を好きになって、裏切られたり、傷つけられたりするのは、もう嫌だ、そう思っていたのかもしれない。

　それでも、あっくんの言葉に、私は、ハッとして、すぐに電話を折り返した。だって、私も、会いたかったし、あっくんの電話を待ってた、それって、やっぱり好きっていうこと。あっくんと出会って、まだ間もないけど、あっくんの存在が自分にとって新鮮で、あっくんと会ってる時間、とっても楽しかったじゃん。ばかだな、アタシ。何回かかけた電話はもう、あっくんが出ることはなかった。

　もう、嫌われてしまったのかもしれない。もう、会えないのかもしれない。

　途端に、寂しくなってしまい、正月のお笑いのテレビの大袈裟な笑い声だけが、虚しく響いた。

　何時間たったろう、コタツの上には、さっき飲んだビールの空き缶が転がっている。寝ちゃったんだ……。

　ふと電話のランプが点滅していた。慌てて見ると、あっくんからの着信が入っていた。あ、また、やっちゃた……。

すぐに折り返した電話に、あっくんは出た。
「ごめんなさい！」
「なにがや？」
「あっくんの言う通り、好きになるのに、理由なんかないよね。私も、あっくんに会いたかったし、あっくんといると、楽しかった。だから」
「せやろ！」
　あっくんはいつもの調子に戻り、「何を言うとんかな、思ったわ。全部お互い分かりあってから付き合ってもおもんないやろ（笑）。好きやから、付き合うねん、付き合ってから、お互いのこと、知っていくねん」
「そうだよね」
「今からでも、遅くないですか？」
「イヤ、あかん！ お前、明日休みやろ？ 明日、神戸こい！ そしたら、付き合ったるわ（笑）」
「直ぐに行きます！」
　私は、思わずそう応えていた。
「飛行機で来いよ！ 神戸空港で待っとくわ！」
　26歳にして、一度も飛行機に乗ったことのない私は、皆目、飛行機で行く手順の検討がつかなかったが、不安はなかった。
　それより、あっくんと新しく始まるであろう生活に、心躍っていた。
「じゃあ、明日ね！」
　さて、飛行機って……。どうするんだ？

CHAPTER 4
神戸の夜景と引っ越し

　東北の田舎町で育ち、3人兄弟、7人家族で、どこにでもあるような一般家庭ではあったが、父が兼業農家ということもあり、年中、田んぼや畑の世話をしていたし、12月から3月までは、ほとんど雪に覆われ、身動きが出来なかった。決して裕福な家庭ではなかった。むしろ、両親、共働きでも、家計は逼迫していた。そんなことで、実家にいる時には当然、家族で飛行機に乗って、なんていうこともなかったし、仕事を始めてからも、余計と時間がなかったから、旅行どころではなかった。要は、飛行機に乗ったことがなかった！のである。

　だから、この「明日、飛行機で来いや」は、ある意味、私にとって大事件でもあった。

　考えついたのは、旅行会社で働く友達に手配してもらおう！ということだった。状況を説明すると、チケットの手配から、羽田空港の事細かい説明、例えば、チェックインの場所に行くまでの行き方とか、搭乗ゲートの場所とか、小学生でもそれがあれば、きっと一人でもいけるであろうメモをもらい、初めての飛行機に乗るにいたった。夕方の便、人もまばらで、私はひどく緊張していた。それを悟られまいと、"いつも乗ってます風"に、席に座るや、シートを倒し、余裕を振る舞っていたが、「離陸いたしますので、シート

をお直しください」って……乗り慣れてないのバレバレじゃん（笑）

　ともあれ、飛行機は無事飛び立つのだった。軽いGにビビりながらも、ふと見えてきたのは、キラキラと輝く、神戸の夜景だった。見たこともない景色が目の前に広がり、なんだか夢を見ているような気分だった。

　降り立った神戸空港には、いつものように、大きく手を振るあっくんのとびっきりの笑顔があった。

　その笑顔を見て、私は、一つの決心をした。真剣に向き合えば、私の全てを受け入れてくれるかもしれない、ちゃんと話したい。神戸の夜の風はほっぺたが痛くなるほど冷たかった。

　あっくんは、そんな私を見て「さっぶいな〜」と言って、私の手を自分のポケットに入れてくれた。その温もりが、私の心までも温かくしてくれた。

「ここ旨いねん！」と連れてってくれた焼肉屋は、何を食べても、抜群に美味しかった。締めの冷麺とカルビの組み合わせが最高や、とか、チシャ菜にニンニクと辛みそとお肉を一緒に巻いて食べるのが、うまいねん、とか、あっくんは色々教えてくれた。ペコペコだったお腹は、みるみる、美味しいお肉達に満たされていった。

　こんな幸せな気持ち、何年ぶりだろう……。

　冷麺にお酢をグルグルかけ回し「酢をいっぱい入れたらまた旨いねん、ほら、かけてみ」と私に渡したお酢を受け取りながら、思わず笑った。

「何笑ってんねん、早よかけんかい（笑）」

「ありがとう」

　そういえば、あっくんが前に会った時言ってた。

「幸せって何なんやろうって、ようゆうやん、でもな、そんな難しいことちゃうねん。幸せってな、自分が幸せやな〜って感じたらそれが幸せやねん」

　確かにそうかも。私、今、幸せやな〜って思ってる。

　この幸せがずっと続けばいいのに。

「ほないこか」

　つまようじをくわえながら、立ち上がったあっくんに、私はついていった。

　あっくんの神戸のマンションのベランダからは、神戸のシンボルでもあるポートタワーが見え、神戸の夜を一層綺麗に照らしていた。

　私は少しずつ話し出した。

「私と付き合うって言ってくれてありがとう。とっても嬉しかった。でも知っておいてほしいことがあるの……」

　私は、なかなか言えずにいた自分の過去、以前付き合っていた彼氏に騙され、消費者金融から多額の借金を抱え込まされたこと、そして、その理由などを打ち明けた。

　これを言ってしまったら、やっぱり「付き合われへん」と言われることも覚悟していたし、でも、もしかしたら、受け入れてくれるかもしれない、という期待もあった。

　話の間じゅう、私は片づけるのが面倒だったのか、あっくんの部屋に飾ってあった大きな白いクリスマスツリーが赤や黄色、青から

緑へと色を変えていく様子を眺めていた。

　全て話し終えると、私は今まで心の奥底に溜めていた、自分の気持ちを素直に打ち明けたこと、打ち明けられたことに安堵したのか、勝手に涙がこぼれていた。私は、誰かに話を聞いてもらいたかったのかもしれない。

　しばらくの沈黙のうち、視線をあげると、涙でくしゃくしゃにしたあっくんの顔がそこにあった。

　思わず、私は笑ってしまった
「何であっくんの方が泣いてるの（笑）」
「お前、正月早々、泣かせんなや。一人で抱え込んでつらかったやろ。もう一人で頑張らんでええからな！」

　今までいろんな出逢いや別れを繰り返してきて、あの頃は失うモノの方が多かったけど……。不思議なくらい、あっくんの隣にいたら、素直な気持ちになれる。

　こんな気持ち初めて。

　本当に不思議な人。

　私は、涙を拭うあっくんのゴツゴツした不器用そうな手を見ながら、そう思った。

　あっくんは、真面目な顔で言った。
「でもな、お前の抱えてる悩みも、借金も大したことないで。債務整理したら、一瞬で片がつく話やで。そんな苦労する話やないで（笑）」
「え？　そうなん？」

あっくんは、私が、ここ何年抱えてきた悩みを、いとも簡単に解決した。
「東京帰ったら、とりあえず、俺の知り合いの弁護士とこ行ってき。もしかしたら、破産せんとも、過払い金の手続きしたらチャラになるかもしれん。だいぶ払ってるんやろ？　とにかく、大丈夫や、大したことないわ」
　というと、ガハハっと豪快に笑った。
　しばらく、あっけにとられていたが、自分が乗り越えられないと思っていた高い壁の向こうから、「おーい！　どこみてんねん、そっち、そっちの脇に梯子あるやん！　それ登ってこいや！」とあっくんは大きな声で教えてくれた。梯子を登ることは簡単だった。
　その後、東京に戻り、弁護士に相談すると、「あ〜、ハイハイ」という感じで、何百万もあった借金が一瞬にしてなくなった。梯子を登り切った眺めは、今までにないくらい、すがすがしく、景色がすっきりと見えた。
「あのな、おれとこ引っ越せや、今んとこの家賃ももったいないやろ。おれとこきたら、家賃も光熱費もいらんから。その分、毎月貯金せえ。いやんなったら、その金でまた新しいとこ借りたらええし（笑）」
　迷いはなかった。小狭い五反田のマンションは、段ボール３つ分にしかならなかった。あまりの荷物の少なさに、あっくんも「お前はヤドカリか」と笑ったが、あっという間に、あっくんの日本橋のマンションに引っ越しが終わった。
　私が乗り越えられないと思っていた壁は、あっくんにとっては、

壁どころか、道端の石ころ程度のことだった。段ボール３つ分の荷物は、あっくんが用意してくれた白いタンスにちょうど収まった。何事もないように始まった新生活は、昨日の自分とはあきらかに違う自分がそこにはいた。

　もう、靴がボロボロになることも、毎月の支払いに憂鬱になることも、一人でまるまって眠ることも、もうないんだ。そう、長年の呪縛から本当に解き放たれたんだ！
「ありがとう」
　私は、生まれて初めて、心の底からその言葉を言った。
「それよか、この生姜焼き、しょっぱすぎるやん！」
あっくんは、何でもなかったように、私の初めて作った手料理にあーでもない、こーでもない言っている。
　私は思わず吹き出してしまった。
「何笑ってんねん！（笑）食べてみーや！」
　本当に、新しい生活が始まったんだ！

初めて手料理を
ふるまった日。

CHAPTER 5
おでんの卵がしゅんだ夜

「目覚ましがなる〜♪前に起きて〜時を止める〜♪」

　新垣結衣の線の細い、透き通るような歌声でハッと目が覚めた。

　昨日の夜、「朝起きる目覚ましソング決めよーや」と、二人で遅くまでミスチルやB'z、浜崎あゆみとか、朝といえば、これやろーというような、主にJ-POPを片っ端から聞き、とりあえず、明日は、新垣結衣のこれやな、と決めて寝たころには、すっかり夜も更けていた。

　まだまだ寝ていたかったけど、仕事に行かなければ。今日の打ち合わせを思い出し、あっくんを起こさないよう、そっと起きた。

　1月の朝のフローリングの冷たさに、一歩一歩ビクつきながら、早めに身支度を整えた。気づけば、ベルトもマフラーもバッグもあっくんのもの。

「ちょっと借ります」

　小声で言いながら、いつものあっくんのブルガリの匂いのマフラーを身に付けると、なんだか寒さも忘れていた。

「もう行くんか、えらい早いな」

「うん、マフラーとか借りるね（笑）」

「それ、よう似合ってるわ、しかし、ほんまなんも持ってないな〜（笑）今日も、さぶいわ〜」

布団にくるまったまま、顔だけ出してそういった。
「行ってくるね！」
　玄関の私の背に、
「今日、夜、関西風のおでんしようや。なんか具買ってきてな、卵はいっぱいいれてや」
　と声をかける。
「分かった〜」
　と返事をして外に一歩踏み出すと、ぶるっと震えるほど寒かった。
　マンションから一番近い、地下鉄半蔵門線の駅までの道のりは、すぐに覚えられた。今日も冬の灰色の空が広がっていたが、私の心は晴れ晴れしていた。
　毎日、「行ってきます」といえば、「行ってらっしゃい」と返ってくる、「ただいま」と言えば「おかえり」と返ってくる。そんな当たり前の毎日が、嬉しかった。
　それはそうと、さっき「関西風のおでん」って言ってたよね？関西風のおでん、簡単には思いつかなかった。今日はきっと、仕事中も関西風おでんのことで頭がいっぱいだろう。
　あっくんと出会って、いろんな関西弁を覚えた。
「イチビル＝かっこつける」
「いける＝大丈夫」
「ほる＝捨てる」
「さらぴん＝新品」
　そして、おでんは炊く（煮る）。

ちなみに、おでんは、関東炊きというらしい。試行錯誤で作った関西風おでん、あっくんは、こう言った。
「この卵しゅんでる?」
　しゅんでる? 聞いたことない言葉で、一瞬「?」という顔をしたのか、あっくんは説明してくれた。
「味しみてますか? ゆーことや(笑)」
「しゅんでるってゆーんだね(笑)」
「なかなか、いけるやん、これ」
　その、しゅんだ卵をほおばりながら、熱かったのか、顔を真っ赤にしている。私は、何となく、ずっと聞いてみたかったことを、あっくんに聞いてみようと思った。
「なんで、あの時、私に声かけてくれたの?」
　大根を掴もうとしていたあっくんの箸が止まった。
　いつになく、真剣な声で「ま、俺もいろいろあったんよ、あん時」
　そういうと、また箸を動かした。
「また、ゆっくり話すわ。あっつ!」
　しゅんだ大根は想像以上に熱かったらしい。すっかり、部屋もあ

たたかくなっていた。
「それはそうと、今日お前に渡したいものがあったんよ。はい、これ」
　一枚のコピー用紙のようだった。よくみると、飛行機の発着時間が書かれている。
「石垣島？」
「俺と一緒に石垣行こう。俺の大切にしてる海、お前に見せたいねん」
「そこで、お前に話したいこともあんねん」
　沖縄、石垣島の海。
　まだ、ピンと来なかったけれど、今までになく真剣なあっくんの表情から、とても大切な場所であることはよく分かった。
「ありがとう」
　まだ見ぬ海の色を、景色を想像してみたが、想像できなかった。
「あれ？　卵もうないん？」
　４つの卵を平らげたらしい。
　あっくんは、いつからこの計画を考えていたんだろう。汗を掻きながら、どうやら次は餅入り巾着を探しているようだった。

CHAPTER 6
石垣島の風に抱かれて

　私の二回目の飛行機は遠い遠い南の島、石垣島。何日も前から、何を持っていこうか、何を着ていこうか、そわそわして落ち着かなかった。
「必要なものがあれば、むこうで買ったらいいやん、日本やねんから（笑）」とあっくんは笑った。
　ガイドブックで見た石垣島の海は、エメラルドグリーンで透明で、砂浜が白くて、まさに楽園だった。あっくんにとって大切な想いがある海か……。
「太陽出たら、あったかいかもな」
　あったかい、南国の空を想像しながら、ますます、どの服をもっていこうか悩むのだった。
「まもなく当機は、沖縄那覇空港に向かい離陸いたします……」
　キャビンアテンダントの少し鼻にかかった声がマイクを通して聞こえてきた。いよいよ出発するんだ。2人は並んでANAの機内に座っている。今回はあっくんがいたので、慌てることもなかったし、ちゃんと、離陸までシートを倒すこともなかった。
　まさか、自分が飛行機に乗る日が来るなんて……。そんな神戸行きから、まだ1カ月もたってないのに、早くもまた飛行機に乗っている自分がいる。まさか、自分が沖縄に行くなんて、ちょっと前ま

では考えもしなかったけれど、この ANA933 便はまさに今、那覇空港に向かって空を突き抜けようとしている。

あっくんが言ってたっけ。
「人生には、三つの坂があんねん。上り坂と、下り坂。人生、いい時もあれば、悪い時もある。そして、もうひとつは、**まさか**や。このまさかは、どーやったって避けられへんねん。いいことでも、悪いことでもな」

あっくんがあの時、なんとなく遠い目をしていたように見えたのは、気のせいだったろうか。私もいろんな坂があったけど、ここ最近のまさかは、嬉しい**まさか**ばっかりだな。

しかし、距離にして、東京から石垣島まで約 2000km、時間にして那覇空港経由で約4時間。一体こんなに遠い南の島の海とあっくんにどんなことがあったのだろう。あれからも、深くは聞いていない。エメラルドグリーンの海を前に、一体どんな話をしてくれるのだろう……。

ふとあっくんを見ると、何か真剣な顔をして、シートの前に入っている ANA の機内誌にジッと見入っていた。
「よし、これ、買ったるわ！」

えっ！ 買う？ 何を言っているのか状況を飲み込むまでしばし、時間がかかったが、どうやら、この ANA の機内誌では、注文すれば何かが買えるらしいということが分かった。
「お前、時計してるん見たことないけど時計持ってるか？」
「時計……持ってないよ」

「せやろ、せやからな、これ、買うたるわ」

　そう言ってあっくんが見せてくれたのは4℃の（その時、ブランド名は知らなかったけど）白いベルトのラメがかったキラキラした時計だった。

　値段を見てビックリした。

「そんなのいらないよ！　高いし、この旅行に連れてきてもらっただけで十分だよ」と私は言った。

「想い出やからな。この時計見るたび、二人で初めて行った石垣島のこと、思い出せるやろ、お前も、俺も」

　想い出……。

「そうだね、ありがとう」

　右腕にはめたその時計は、私の宝物になり、大切な想い出となった。

　澄んだ今日の天気のおかげで、雄大な富士山がはっきりと見えた。山頂の積もった雪に、太陽が反射し、これでもかというほどキラキラ輝いていた。機内では感嘆の声があがっていたが、私は右腕のもらったばかりの時計を右に左に動かしながら、小さく笑った。

　あっくんは、10分くらい前から腕を組み、静かな寝息を立てている。昨日も遅くまで、仕事の電話をしていた。声を荒らげている様子もあったが、大丈夫なのだろうか。

　そんな心配をしながら、サンシェードを降ろした。

　那覇空港経由で、石垣島に到着したのは、昼過ぎだった。

「すごいしっけやな〜（笑）」

東京の凍てついた寒さからは想像できなかったほどの暖かさと、湿度に迎えられた。
「着いた〜」
　背筋をグーンと伸ばし、思いっ切り深呼吸した。初めての石垣島は、今までに感じたことのない空気と、潮気を含んだ、柔らかい風、そして、見たことのないような色をした海に囲まれていた。高い山や低い丘、サトウキビ畑、赤茶色の畑が広がり、牛もヤギもいて、のどかで穏やかだった。都会の喧騒とは真逆の静寂さがそこにはあった。
　早速、ホテルまでタクシーに乗ったが、前の車がおおよそ30キロくらいのスピードで走り、大渋滞していた。
「石垣はようこんなことあんねん（笑）」
　人もそう、のどかで穏やかだ。
　ホテルに着いたら、「海でも見に行こうや」と近くのビーチまで二人で歩いた。さんぴん茶と書かれたペットボトルを抱えて、潮風になびく髪を掻き分けながら歩いた先には、深い深いグリーンとブルーが混ざり合った、鮮やかな海がどこまでも広がっていた。
　どこからか流されてきたのであろう、大きな流木をベンチ代わりにそこに腰かけた。
「きれいだね。こんな海、見たことないよ」
「せやろ、きれいやろ」
　近くでは、地元の子供たちなのか、キャッキャ騒ぎながら、砂を高く積んで、トンネルを掘ったり、コップに砂を入れてひっくり返

したり、賑やかに遊んでいた。遠くには、どこかの国の貨物船だろうか、ポンポンポンと唸りながら黒い煙を吐き出している。水面では、水鳥たちが、獲物を狙ってか急降下したり、急上昇したりを繰り返していた。
「この海はあの日とひとっつもかわらんな」
「えっ？」
「ほんまに綺麗な海やろ……俺はこの海にほんまに感謝してるんや！ なあ、ヨシエ。俺のすべてを話すから、聞いてくれるか？」
　あっくんは少しずつ、重い口を開きながら、幼少期の話を話し始めた。

SIDE AKIHIKO

CHAPTER 7
オンボロ長屋の幼少期

「俺が生まれ育った街はな、神戸の須磨というとこなんよ。一の谷の源平合戦って聞いたことあるか？ 源氏が物凄い崖から一気に駆け下りて、平家を壊滅したあの有名な一の谷や。近所にはすぐ山があってな、家から歩いてすぐの所に、須磨海浜公園があるんよ。夏になったらそこで、よー泳いだもんやで。海と山に囲まれて、ほんま、のどかなとこやったなあ……」

　俺の口から、言葉が少しずつ流れ始めた。幼少期の俺の姿が、走馬灯のように、頭の中を駆け巡っていった。

　俺は子供時代、トタン屋根と土壁でできた長屋に住んでいた。信じられないほどオンボロの長屋にあるのは、4畳半が2つに、1畳ほどの板の間。そして、ままごとのようにちっちゃな台所。家と呼ぶにはあまりにもお粗末で、むしろ、「ただの立方体の空間」と呼んだ方が正しいかもわからない。そこに俺は、おとんとおかん、兄貴、そしておばんの5人とで、肩を寄せ合うようにして住んでいた。家具と言えるものは小さなタンスがひとつだけ。押し入れもなく、畳んだ布団が4畳半の半分を占めていた。天井に住みついたネズミは、夜中になるといつも運動会を始めるのだった。

今の子どもには、長屋といってもピンとこないかもしれない。長屋とは、ひとつの建物がいくつかに仕切られていて、それぞれに別の家族が住んでいる昔ながらの住宅をいう。俺の家は、そのオンボロ長屋の一番端っこにあった。全部で５世帯が住んでいたので、ネズミどもはその５世帯の天井裏を縦横無尽に走り回っていたのである。ネズミの住処の方が、俺んちより広いわけだ。隣の世帯とは薄い壁で仕切られているだけ。プライバシーは皆無、普通に話している声ですら筒抜けだ。

　こんな家に住んではいたが、俺のおとんは大きな会社に勤めていた。大きな、といっても、そんじょそこらの大きな会社ではなく、東証一部上場の企業である。

　給料だって結構もらっていたはずだが、なぜ俺たちはこんな貧乏暮らしをしていたのか。大人になってからはそんな素朴な疑問を覚えたりもしたが、その当時は何の疑問も持たず、いや、自分が貧乏だということに気付きさえしなかったのだ。

　どちらかというと、その生活が楽しくも思えていた。ボロ家には当然風呂などはないから、毎日水道にホースを差し、外で水浴びをした。おかんもよく、玄関の鍵を閉めて、玄関の土間にたらいをおき、気持ちよさそうに行水をしていたのを覚えている。

　メシだって豪勢とはほど遠い。晩ごはんはちゃぶ台の上におかずが一品だけ。一歩でも出遅れるとご飯にありつけないから、食いざかりだった俺と兄貴はいつも気合いを入れて晩御飯に臨んでいた。

　貧乏な家庭だったが、なぜか、おばんだけは、そんな暮らし向き

とどこか違った雰囲気を漂わせていて、俺も子供心にそれを感じ取っていた。

　その謎は、俺が大人になり、おばんが死んでしまった後に知った。おとんの口から聞かされたことだが、おばんはもともと大金持ちのお嬢さんだったのだ。おばんが幼い頃、誕生日にはたくさんの人たちがおばんの機嫌を取りに来たし、中にはおばんのために、わざわざチンドン屋まで呼んでにぎやかしてくれた人までいたそうだ。

　その後、おばんは結婚した。相変わらず御殿のような屋敷で、子どもにも恵まれて幸せに暮らしていたおばんだったが、そんな毎日を襲ったのが神戸大空襲だ。アメリカの戦闘機が落とした爆弾によって、おばんの御殿は、真っ黒に焼けて無くなった。だが、かろうじておばんは生き残った。まだ幼子だったおとん、おとんの弟と妹の3人を連れて、命からがら須磨の地まで逃げてきたのであった。そして、このオンボロ長屋に仕方なく住むことになり、おとん・弟・妹はここで育っていったのだ。

　戦争と、そして戦後のどさくさで、おばんは屋敷も財産も全てなくしてしまった。そこから女手一つで3人の子供を育て上げたのだ。俺にはそんな苦労の一端も見せることはなかったが、俺が子供ながらに感じていた、おばんのオーラ、オンボロ長屋の住民とは全く別のおばんの雰囲気は、そうした生い立ちから来たものだったのだ。

　のちに、おばんは、戦前から付き合いのあった知人に頼み込み、3人の子どもを「コネ入社」させる。おばんの「コネ」のパワーは物凄く、今では考えられないが、おとんは大阪ガス、おとんの弟は

国鉄（JR）、妹は神戸製鋼に入社することができたのであった。

　そこで、疑問に思うだろう。

　俺ら、何でそんなに貧乏だったん？

　答えは明白だ。これまた大人になって分かったことだが、おとんは無類の酒と女好きだったのだ。おとんが死んだ後、遺品を整理していた時に、俺は額に入れられた一枚の紙を見つけてしまった。なにやら決意表明のような、一枚の紙。

　そこにはおとんの字で、デカデカと「酒と女は2合（号）まで」と書かれていた。

　俺の通っていた小学校は、西須磨小学校だ。公立ではあるが、俺の同級生だけでも灘中学校に3名、それ以外の名門中学校にもたくさん進学するような学校だった。勉強のできる進学校というよりも、金持ちの多い学校と言った方がいいのか。同級生には、夏休みにはハワイに行ったとか、どこそこの外国に遊びに行ったとか、そういうお嬢様もたくさんいた。1ドル360円の時代ですよ、旅費だっておそらく一人100万円は下らないだろう。お金持ちが周りに多かったのではなく、むしろ、お金持ちの学校に、俺のような貧乏人がほんの一握り、まぎれ込んでいたと言う方が正しい表現かもしれない。

　でも俺はそんな学校生活でも、何ひとつ劣等感など持つことはなかった。なぜかというと、俺は当時から人を笑わせるのが好きで、ギャグをかましてはクラスメイトたちを涙が出るほど笑わせていたからだ。

俺はいつでも、クラスの中心人物だった。

そして、イメージがちょっと違うかもわからんが、幼少期の俺は野球部に入っていた。

エースのK君はプロからスカウトが来るほどの実力で、彼のおかげで強豪チームではあったものの、俺の実力はお世辞にもたいしたものではなかった。さらに、成績が飛び抜けて良かったかと問われれば、こちらも「パッとしなかった」と言わざるを得ない。

要は、アホだった。

野球も、勉強も、運動神経もズバ抜けて良いわけではない。早い話が、光るような才能というものは何も持ち合わせていない、どこにでもいる「その他大勢」のガキだったのだ。

しかし、そんな俺でも夢中になれることがひとつだけあった。

バイトで金を稼ぐことだ。

もちろん俺はビンボーだったから、自分で稼いだ金を手にして、自由にモノを買えることも嬉しかった。だが、本当のところは、金が欲しいというよりも、金儲けをするその過程、プロセスがとてもエキサイティングだったのだ。金を稼ぐということを考えるだけで、俺の心は高まり、興奮した。

「金儲け」。

とりたてて取り柄のない俺にとっては、それが唯一の輝ける場所であったし、そして自分の居場所でもあった。

CHAPTER 8
初めてのバイトとポケットの中身

　俺が長屋暮らしをしていた家の近所には、須磨海岸という海水浴のメッカがあった。夏場ともなれば、水着のカップルや家族連れで、芋を洗うような混雑ぶりを見せる。

　俺の初めてのバイトは、この須磨海岸が舞台となった。

　夏のある日、ここで貸しボート屋を営むおっちゃんに、俺は声をかけたのだ。

「おっちゃん、おっちゃん。俺、店番したるで」

　おっちゃんは、日がな一日、店番をするのに飽きていたのだろう。二つ返事で俺の話に乗ってきた。

「ほんまか。じゃあ、お客がきたら、このノートに正の字を書いてや。ほんで、貸し賃1000円をもらってや」

「わかった」

　そうして、俺の初アルバイトは始まった。

　店先に座って、ひたすらお客が来るのを待ち、そして貸し賃を受け取る。1日に来るお客の数はだいたい決まっていると見えて、その日の売り上げは10000円ほどにしかならなかった。

　おっちゃんは、夕方になると小屋に戻ってきて、ノートと売上金をチェックした。

「坊主、ありがとな」

「バイト代は？」

「なんや、金取るのか」

「そらそうや。ボランティアやあらへん」

「わかった、わかった。ほれ」

　そう言って、おっちゃんはチャリンと小銭を俺によこした。

　手の平に載っているのは、たったの300円。

　俺はガッカリした。日がな一日、座って店番して、これじゃあ割に合わない。おっちゃんに文句を言うたろうかと思い、口を開きかけたが、ここで俺の頭の計算機がフル回転を始めた。

　（待てよ、この店では客の数もいつもだいたい同じ。売り上げも毎日、だいたい同じだ。10000円を稼いでいたら、おっちゃんは満足や。なら、その倍を稼いで、10000円を引いた額を俺の儲けにしたらええ！）

　ナイスなアイデアに、俺はニンマリとした。

「おっちゃん、ほな明日も来るからなー！」

「ほんまか。じゃあ頼むでー！」

　帰り道、半ズボンのポケットの中で、今日のアルバイト代300円がチャラチャラと音を立てていた。

　翌朝、俺は作戦を立てた。1日の売り上げ目標を20000円とする。半分はおっちゃんの売り上げ、もう半分は俺の取り分や。

　20000円を稼ぐには20人のお客を取らなあかん。

　俺は海水浴場を歩いて、ボートを借りそうな人のリサーチを始めた。じっくりと周囲を観察し、一番借りていくのは、どんな層なの

かを見極めるのだ。その結果、一番がカップル、次に家族連れだということがわかった。

　俺は、その人たちに、「ボート乗りませんか」と自分からどんどん声をかけていった。呼び込み営業である。

　これが当たって、ボートを借りる客はどんどん増えていった。

　まずは成果は上々。けれど、目標額にはまだ足りない。俺はもう一度、海水浴場を見回し、頭をひねった。

　ふと、ある考えを思いついた。

（一人で海に来て、甲羅干しをしているお姉さんに声をかけたら、どうやろか）

　俺は試しに、一人のお姉さんに声をかけた。

「なぁ、お姉さん、ボート乗ってみたくない？」

　俺が子どもだったからだろう。お姉さんは特に警戒もせず、話に乗ってきた。

「あら、いいわね。でも、私、漕げないのよ」

「俺が漕いだるねん。ボートの上で甲羅干しすんのも、きっと気持ちええで」

「面白い子ね。いくら？」

「１回1000円」

「じゃあ、お願いするわ」

　商談成立。俺はお姉さんをボートに乗せて、海へと漕ぎ出した。

　その後も俺は、海水浴客にどんどん声をかけていき、客と一緒に海に漕ぎ出していった。俺のボート屋さんはあっという間に繁盛店

になった。

　けれど、このやり方だと、一日にさばける人数は、せいぜい5、6人程度にしかならない。1人につき1時間ほどかかるから、そのあいだは次の客引きができないのだ。

　そこで俺は、また考えた。ボートの上でお客さんに漕ぎ方を教えるのだ。20分か30分経って、お客さんが漕げるようになったら、俺は海に飛び込んで砂浜に戻り、すぐさま次の客引きをする。

　この方法は上手く行った。

　それからというもの、俺はこのやり方でどんどんお客を取り、客を回転させ、ボート屋はさらに繁盛していった。

　初日の帰り道、小銭がチャラチャラと音を立てていた俺のポケットには、そのうち、5000円や10000円というお金がいつも入っているようになったのだ。

CHAPTER 9
カルピスソーダの夏

　高校球児たちが勝利をかけて闘う、全国高校野球選手権大会。

　熱気うずまく甲子園のスタンドで、俺は大歓声にまぎれながら、ジュースの売り子をしていた。当時はまだ中学生。高校生の兄貴の学生証を家から勝手に持ち出し、高校生だと偽って面接を受けて、球場でのバイトの口を得たのだった。

　甲子園名物といえば「カチ割り氷」だ。名物だけあって売り子の希望者も多く、俺のバイトが決まった時には、同じく人気のあったビールの売り子とともに定員は締め切られていた。残っていたのは、人気のないカルピスソーダの販売だった。

　なぜカルピスソーダは人気がないのか。炭酸飲料というものは炎天下で売り歩いてる最中に生ぬるくなるから、飲んでも美味しくないのである。美味しくないものは当然だが売れない。このバイトは歩合制だったから、売れなければ給与もゼロだ。

　俺は必死に、1ダースはゆうにあるカルピスソーダを抱えて、声を枯らしながら売り歩いた。

　しかし予想通り、サッパリ売れなかった。

　これはアカン……。俺はひとまず屋根のある通路へ移動した。

　声を張り上げたのと暑さとで、喉がカラカラに渇いていた。汗をぬぐいながら俺は、自分の売っているカルピスソーダを試しに1本

開けてみた。

　紙コップにゆっくりと注いでも、出てくるのは生ぬるい泡だけ。喉に流し込んだとたん、俺は目を白黒させた。

　そら、こんなマズイの誰も飲まんわな……。

　1ダースものカルピスソーダを前に途方に暮れていたが、ふと、ある光景が目に飛び込んできた。あの、甲子園名物「カチ割り氷」だ。

　カチ割り氷というのは、ビニール袋に氷が入っているだけのとてもシンプルなもの。時にはそれを首や顔に当てて冷やしたりしながら、溶けた水をストローで飲むのだ。

　俺が見たのは、そんなカチ割り氷の袋に、コーラを入れて飲んでいる奴だった。

　これや！　俺はひらめいた。

　カチ割り氷を飲んでる奴を探して、そいつに特化して売っていけばいいんや！

　立ち上がった俺はあたりを見渡し、カチ割り氷の客を探した。さすが甲子園名物とあって、ビニール袋を首やおでこに当てている奴らがぎょうさんいた。俺はそいつらのもとに駆け出すようにして、アプローチを開始した。
「お客さん、そのカチ割り氷の袋に、このカルピスソーダ入れて飲んだことありますか？　この世のものとは思えんほど爽やかな味がしますねん。試しにどうですか？」
「ほんまか？　ほな、試しに1本もろとこか！」
　あれだけ売れなかったカルピスソーダが、即座に売れたのである。

「おおきに! 他の人もどうですか?」

周りのカチ割り族にも声をかけたところ、連鎖反応からか、次々と注文が入ってきた。1人が買うと、周りもつられて買う。そんな購買心理みたいなものが働くということを、俺はこのとき初めて学んだのである。

さらに、応援しているチームが活躍したタイミングで声を掛けるようにすると、売上はさらに伸びていった。人間はテンションがハイになると財布のひもがゆるむ。旅行先では、普段はしないような買い物をするのと同じ心理だろう。それを俺は、甲子園のスタンドで身をもって体験したのだった。

こうして俺は、カルピスソーダの販売店で毎日トップの売上を叩き出していった。

炎天下の中、歯を食いしばって汗だくになり売り歩くほかのバイトの奴が馬鹿に思えた。

頭を使え、頭を!

努力は大事や。けれど、的外れな努力はアホのすることや。頭を使って努力することが大事なんや。

子供なりに、そんなことをなんとなく感じ取っていた。

こうして2週間のバイトは終わり、俺は、そこそこの給与を稼ぎ出すことに成功したのだった。

余談をひとつ。

バイトの途中で煙草を吸っているのを補導員に見つかってしまっ

た俺は、中学生だとバレるのを恐れ、兄貴の名前を名乗ってその場をやりすごした。おかげで兄貴は無実の罪により、高校をあわや停学になるところだった。

　カルピスソーダの夏には、そんなオチまでついたのである。

CHAPTER 10
不良少年、あっけらかんと街をゆく

　そんなこんなで、めでたく中学校卒業を迎えた俺は、高校には進学せずに近所の小さな町工場に就職した。

　当時は、非行や不登校、いじめなどの問題に真正面から向き合ったドラマ「３年Ｂ組金八先生」が大ヒットしていた頃。現実の日本社会でも、全国的に校内暴力の嵐が吹き荒れており、若者の心が荒んでいく時代のど真ん中だった。

　そして当然のように、俺も思いっ切り不良だった。

　しかし勘違いだけはしないでほしい。尾崎豊の歌に出てくるような、夜の校舎で窓ガラスを壊して回るとかいう愚かなことは考えもしなかったし、まあ盗んだバイクで走り回るのは日常茶飯事だったが、それは世間への反抗ではなく、純粋にバイクが欲しかったから、パトカーと追いかけっこして遊ぶのも好きだったから。パトカーを襲撃するなんてことはまったく思いつきもしない、あっけらかんとしたものだ。

　だから、警官と街で出くわしたとしても、「お前、この前はうまいこと逃げやがったな」と笑いながら言われたりして、なんだか友達のようだった。警官だけではなく、世の中や、学校の教師や、両親に対して憤りを感じることなどはなかったし、むしろ仲良く、楽しくやっていたと思う。

卑屈さや屈折とは無縁だった。

喧嘩は、よくやった。だがそれは、通行人にむやみやたらに喧嘩を売るようなものではなく、あくまで対立するグループとの抗争にすぎない。

そんなこんなの抗争で相手に怪我をさせて、逮捕されたことがある。迎えに来た父親は警察では平謝りするものの、署を一歩出たら、俺に「えらいハデにケンカしたんやな」と、どこ吹く風であった。

俺が「迷惑かけてスマンな」と謝っても、「かまへん、かまへん。お互いさんや！ ワシもお前らに迷惑いっぱいかけとるがな！」と笑っていた。

こんな調子でオトンは、いつも俺の味方でいてくれたのだ。

オカンだって負けてはいない。俺が何度も無免許で逮捕されたとしても、「お前、運転下手やな。バイクやったらパトカーくらい振り切れよ！」と言う始末だ。

そんな親子関係は、他人から見たらいびつに映るかもしれないが、俺はいつも味方をしてくれるオトンとオカンのことが心の底から大好きだった。世間に対して、夜の校舎を壊して回るような絶望感など抱いてなかったし、いつも俺に明るく声をかけてくれる近所のオッさんやオバハン、世の中のこと、大人のこともみんな好きだった。

高校に進学しなかった理由も、早く働いてオカンに金を渡したかったからだ。中学時代にバイトで稼いだ金のほとんどはオカンにあげていたが、オカンはそのたびに飛び上がって喜んでくれた。俺も、オカンの喜ぶ顔を見るのが大好きだった。

朝まで仲間とバイクで暴走して、一睡もしていなくても、俺は仕事だけは絶対に休まなかったし、それどころか遅刻もしなかった。無遅刻・無欠勤の優良社員や。

　当時、付き合っていた中学3年生の女の子とも、18歳になったら結婚しよう、盛大な結婚式を挙げようと話していたし、それを実現したいという明確な目標があった。

　だから、高校へ行った同級生たちや、世間の不良どもは中途半端なガキにしか見えなかった。

オトンとオカン

CHAPTER 11
18歳の「一家の主」〜借金、そして新天地へ

　そして俺は 18 歳になり、約束どおり彼女と結婚して、一家の主となった。

　町工場の収入では家計の台所も苦しいので、転職して鉄筋工の見習いとなった。そこでは、残業代を含めると月に 30 万円の収入となり、生活は十分やっていけた。

　だが俺は何を血迷ったのか、二十歳のときに独立して自分の会社を設立したのである。仕事を覚えて天狗になっていたのか、若気の至りだったのか……。何の経営ノウハウもないまま立ち上げた会社がうまくいくはずもない。俺の会社は半年であえなく倒産してしまい、500 万円のサラ金ローンが残った。

　ハタチの俺にしたら天文学的な額で、その負担は日々の暮らしに重くのしかかってきた。

　当時のサラ金の取り立ては今では考えられないほど荒っぽいものだったが、そんなもん、俺も負けてはいなかった。時々、夜中にやってくる取立屋を朝まで監禁してやったこともあったし、取立屋から逆に金を脅し取ることさえもあった。当のサラ金業者から「是非とも我が社の取立屋になってくれないか」とスカウトされるほどだった。

　莫大な借金を抱えてしまった俺が、金を稼ぐために飛び込んだの

が訪問販売の業界だった。中学生を対象とした学習教材の飛び込み営業販売である。

「この仕事は俺にとって天職や」。入社2日目で、早々に気がついた。営業の知識も経験もないが、とにかく俺が行くとこ行くとこ、飛ぶように教材が売れたのである。高いものだと、99万8000円もするビデオ教材が売れたこともあった。

成績もいいから当然、給与もいい。入社3ヵ月目あたりから毎月80万円くらいはコンスタントに取れたので、サラ金の返済も滞ることなく、会社設立と倒産で作ってしまった借金は、わずか3年で完済できたのだ。

俺は24歳になっていた。2人の娘にも恵まれ、そろそろ新しい分野で自分の力を試したいという気持ちが湧いてきた。自分を、もっともっと高めたい。そう思った俺は、新天地を求めてリクルート活動をスタートさせた。

2人の娘を持つ父親の立場としては、一日も早く新しい仕事を探さなければならない。

だが、一体俺は何の仕事をすれば良いのだろう？

気持ちは焦るばかりだったし、だからといって、いつまでも考えている余裕もなかった。

そんなふうに、次の道を模索しながら過ごしていたある日のこと。ふと新聞をめくっていた俺の目に、ひとつの求人広告が飛び込んできた。

「営業社員募集！ 給与30万円以上可能・不動産賃貸仲介業務」

俺は叫んだ。

「これや！ これしか無い！」

興奮する気持ちに押されるようにして、俺は即座に履歴書を書き始めた。

応募条件には「高卒以上」と書いてあったが、そんなもん関係ない。学歴の欄には適当な高校名を書き込み、「〇〇年卒業」とつけ加えた。全く、ええかげんなもんや。

出来上がった履歴書を手に、俺は、不動産会社に面接希望の電話を入れた。スムーズにアポも取れ、翌日の面接が決まった。家族を食わしていけるかどうかの瀬戸際だったが、かといって緊張して弱気になることは皆無だったし、合格するとかしないとか、そんなことも一切考えていなかった。

なぜなら、採用を勝ち取るまで、追いかけてでも自分を売り込むつもりでいたからだ。まるでストーカーのようだが、それくらいの気合いで面接に臨んだのである。

結果。

あっけなく、その日のうちに俺は採用された。

一応、ほかにも希望者が30人ほど来ていたようだが、採用されたのは俺と、もう1人だけ。即決だったという。

これが人生の大きなターニングポイントになることをまだ知らないまま、俺は、翌週には入社することになる。

俺の不動産人生が、いよいよここから始まっていくのである。

CHAPTER 12
神戸の街の「電ビラ」騒動

　俺が就職したのは、社長以下8名、街の小さな不動産屋だった。「給与は30万円以上」と書いてあったが、ふたを開けてみれば実際は完全歩合制で固定給はゼロ。まあ、金儲けなら小学生の時から鍛えてきたから、売上の自信はあった。厳しい条件も俺にとっては問題じゃない。先輩は全員年上だったが、どいつもこいつもたいしたことのない、眠たい面構えのヤツばかりだった。
「ここなら、半年で店長になれるな！」

　そんな確信めいたものを、俺は、初日から感じていた。

　主な仕事は、案内業務。広告を見て来店したお客様に物件を紹介して案内するというもの。不動産屋に来るお客様は、アパートの部屋を借りるという明確な目的を持っている。つまり、わざわざこちらから「来てください」と営業しなくても足を運んでくれるのだ。不動産業は反響営業。こんな楽な仕事はないなと、あらためて思った。

　しかし、反響営業にもデメリットはある。いくら気合いを入れて仕事に臨もうとしても、客が来るまでは案内業務はできない。ひたすら待ち、待ち、待ち。いわば、魚釣りをしているようなものだ。

　しかも先輩たちはそれが当たり前だと信じ込んでいたから、来る日も来る日もひたすら電話が鳴るのを待ち続けているだけだった。

　そんな状況に、俺は入社1週間目でシビレを切らし、「自分で客

を探してもいいですか？」と先輩に尋ねた。すると、「お好きにどうぞと」と、どうでも良さそうな答え。仕事に無関心なのか、まったくもって覇気がない。

しかし、そんなことはどうでもいい。

俺はスーパーで買ってきた厚めの画用紙に「新築・２Ｌ・家賃28000円」と大きく書き、そこらへんの電柱に貼りまくった。

もちろん、そんな格安物件など存在しない。これは、俗にいう「オトリ広告」だ。加えて、無断でビラを電柱に貼るのは「電ビラ」と呼ばれ、どちらも立派な違法広告である。

電柱にビラを貼ってから数日もすれば、朝から電話がジャンジャン鳴るようになっていた。ビラを見たお客様からの問い合わせや、反響の電話だ。

だが、もちろんそのまま集客するとクレームやトラブルの原因になる。「あの物件なら、昨日入居が決まったんですよ。部屋をお探しなら、別の物件をご案内しましょうか？」と、俺は丁重に電ビラの物件を打ち消しながら、お客様の希望を聞き出していく。そして、あの手この手で来店を促し、成約につなげていくのだ。

他の社員が電話に出たところで、電ビラ物件の打ち消しトークは上手くできない。必然的に、問い合わせや反響は、俺がすべて応対することになった。

俺が入社して１カ月で、会社の売上は２倍になった。売上の半分は、新人の俺が叩き出したことは言うまでもない。

気づけば俺は、この会社の中心人物、いや、なくてはならない「絶

対的な存在」になっていたのだ。

　偉そうな顔をしていた先輩社員たちは、「電ビラの対応トークを教えてほしい」と低姿勢で言い寄ってきた。すっかり部下的存在になりさがった先輩たちに、必殺トークを丁寧に教えてやったところ、3カ月後には、社員全員が電ビラの問い合わせに対応できるようになった。そうなれば、さらなる売上アップが目指せる。社員全員で電ビラをあちこちにペタペタ貼りまくる日々だった。

　評判を聞きつけた同業他社も、このやり方を真似するようになり、神戸の繁華街やオフィス街の至るところに、複数の業者の不動産ビラが大量に貼られるようになった。

　街の景観は、著しく悪化した。

　このことが、少しばかり面倒な事態を招いてしまう。行政の担当係官から、「神戸の景観を汚した諸悪の原因は、住川だ！」と「住川を叩け運動」が叫ばれるようになったのだ。電ビラを貼っている最中に、巡回中のパトカーに「屋外広告条例違反」で現行犯逮捕されたこともある。略式裁判の罰金刑で済んだが、それでも前科一犯がついた。

　また、同業他社とのトラブルや抗争も頻繁に勃発した。他社のビラを見つけたら、手当たり次第に剥がして回る。やられたらやり返す。お互いがその繰り返しで、顔を合わせれば必ず喧嘩になるし、会社に怒鳴り込んでくることも日常茶飯事だった。

　他社や行政までをも巻き込む嵐のような電ビラ抗争は、この後、俺が独立する1年後まで続いた。

CHAPTER 13
別れ

　電ビラと反響トークで稼ぎに稼ぎまくっている当時でも、俺は夜になると毎日のように繁華街へ繰り出していた。

　会社帰りに電ビラを貼りに行き、それが終わるのがだいたい22時を回った頃。それからまっすぐ家には帰らず、三宮の繁華街へと足を運ぶのだ。

　他人からは、ただ遊んでいるだけに見えたかもしれない。だが、俺にとっては、これも立派な仕事の一環だった。なぜなら俺がいた会社は繁華街の不動産屋だったので、契約者の大半が水商売で働くホステスだったからだ。

　俺は、契約してくれた人のお店には、必ずお礼に行くようにしていた。数千円の安い雑貨だが、引っ越し祝いと言ってプレゼントすると、みんな物凄く喜んでくれた。そして、俺がわざわざ店にやって来たことに感激して、引っ越しを考えている友達や知人を紹介してくれるのだ。

　ホステス嬢からの紹介だけでも、契約は毎月、かなりの数にのぼっていた。

　夜の営業活動も軌道に乗り、そのうち給料は毎月3ケタに上るようになった。全てが順風満帆かに見えた。

　しかし、何かを得るときには、必ず犠牲が伴うものだ。そのとき

に俺が払った犠牲は、とてつもなく大きかった。

　365日、休みなく、朝から夜中まで仕事尽くしの生活をしていれば、夫婦関係がうまくいくはずはない。中学の時から付き合って、俺が18の時に結婚し、人生をともに歩いてきた嫁との生活は、破局を迎えてしまった。

　離婚の原因は全て俺にあり、悪いのは俺だ。

　言い訳は一切しない。嫁を哀しい気持ち、寂しい気持ちにさせ続けていたことは、間違いのない事実だからだ。

　ずっとそばにいてくれて、そして去っていってしまった彼女。

　今でも心から申し訳ないという気持ちでいっぱいだ。

CHAPTER 14
バブルとトライアスロン

　やはりと言うべきか、神戸の街に大量に出現した電ビラへの規制はどんどん厳しくなっていき、摘発される人間も続出した。それにつれて電柱は徐々に元の姿に戻っていき、街全体が以前の綺麗な姿を取り戻していくようになる。

　だが、電ビラが減った理由はそれだけではない。そもそも、そんな戦後のヤミ市みたいな野蛮なことをしなくても、国民全員が楽に金を稼げる時代がやってきたのだ。

　そう、日本は空前のバブル景気に突入していた。

　バブルの波は大きなウネリをあげ、日本中を呑みこんでいった。金が信じられないほどの濁流となって押し寄せ、そしてまた次の金を生んでいく。

　俺もそんなオイシイ時期に、先輩であるN会長のバックアップもあり、独立して不動産会社を設立したのである。

　会社オープンの日。三宮のオフィス街に構えた小さな事務所には、お祝いの花が数えきれないくらい届いた。笑い話みたいだが、そのほとんどが飲み屋のオネエちゃんからだった。

　そうして俺自身もバブルの波に乗っていた。3000万円で仕入れたマンションが、次の日には4700万円で売れていく。いま振り返ればおかしなことだが、当時の俺はそういう商売に違和感すら感じ

なくなっていた。お金を儲けることは、たやすいことのように思えたし、実際、簡単に儲かった。

だが、俺の心はいつもどこか渇いていた。

「何で俺よりアホな奴が、仕事もロクに出来ひんやつが、金持ちになっていくんや？ 国民全員が金持ちやんけ」

そう思うと、なんだか無性にオモロなかった。

俺は、自分自身のオモロない心を埋めるように、バブル景気で狂乱する世の中をよそ目に、トライアスロンを始めてみた。毎日スイムやランをやり、休みの日には自転車で100キロは走った。しまいには、スイム3.9キロ、自転車184キロ、ラン42.195キロのロングディスタンスの大会にも出られるくらいの体力がついた。

周りの人間がフェラーリに乗り、１本数十万円もする酒を飲んでいる時に、俺はあえて体をいじめていた。そして、練習のあとに飲む100円のポカリスエットに、価値と有り難みを感じていたのだ。

とはいえ、ダイヤモンドを散りばめたピカピカのロレックスの腕時計をはめ、100万円の自転車に乗り、汗だくになってランニングする俺も、他人から見れば、相当、滑稽だったに違いない。

バブルの熱狂は、そんな珍妙な光景も生んだのだ。

狂乱と熱狂の時期が過ぎ、やがて、バブル景気にも終わりがやってきた。

老若男女問わず、金を手にして浮かれまくった世の中は消え失せ、世間には悲壮感と憔悴感が漂っていた。

ご多分に漏れず、俺もバブルで得た金は無くしてしまった。けれ

ど、不思議とすがすがしい気持ちだった。

　これは、あくまで俺の自論だが、資本主義とは全員が金持ちになることではない。頑張った末に成功をつかんだ者だけが、平等に富を得る権利がある。それが、真の資本主義だと俺は考えている。

　だから当然、そこには格差も生まれる。いや、格差があって当然だ。何もしないで富を得ること自体がそもそも間違いなのだ。

　まさにバブル、泡みたいに消えたまやかしの世界。そんなおかしな世の中が壊れて、頑張った者だけが豊かになれる社会に戻っただけのこと。

　そう思うと、なぜだかとても安心するのだった。

　夜の街の顔ぶれも、景気が悪くなってからずいぶん様変わりした。バブル長者の姿や、1本数十万円のボトル、ギラギラと派手な店構えも消え失せた。だが俺は相変わらず三宮の繁華街へと足しげく通い、徘徊していた。

　あちこちから「すみピョン、すみピョン」と声をかけられる日々。自分で言うな！ と怒られそうだが、この時期の俺は、我ながらよくモテた。不思議なことに、俺の会社にはさまざまな職業の人が部屋を借りに来てくれた。水商売のオネエさんをはじめ、OL、自営業、はたまたキャビンアテンダントやモデル、スポーツ選手……。物件を世話するだけでなく、彼女たちのプライベートの悩みや相談を親身に聞いてやり、解決することもたびたびだった。

　そのおかで、食事や映画、旅行に誘うと、喜んで付き合ってくれる女性がたくさんいたのだ。

16歳から同棲を始め、18歳で結婚して26歳で離婚するまで、俺の青春時代は恋愛とは無縁だったからか、この頃の俺は糸の切れた凧のように数えきれないほどの恋愛を積み重ねていた。

　俺の恋愛自慢話など誰も聞きたくないと思うけど、そう言わずに聞いてくれ！

　国際線の飛行機で、キャビンアテンダントと恋に落ちたり、また別のときにひょんなことで付き合うことになった博多出身の彼女が、なんと、某アイドルグループの妹だったりしたこともあった。

　さらに、今では考えられないことだが、駐禁で反則切符を切られた婦人警官をその場でナンパして付き合ったな。

　もっとあるで！ F-1鈴鹿サーキットの準ミスグランプリと付き合ったこともあるし、そういえば、A子という女の子は、元彼が現役プロ野球選手だったっけな。A子と野球観戦に行った時、ネクストバッターボックスに立った元彼が、肩を寄せ合って観戦している俺たちを睨みつけ、激しい火花が散ったもんや。

　プロゴルファーYと三角関係になり、彼女の争奪戦を繰り広げたこともあった。大学生で巫女さんのバイトをしていた彼女は、のちにANAのCAになった。

　思い起こせば苦笑いするようなエピソードもたくさんあるが、俺が最も印象に残っているのは、やはり**「ボンジョビ事件」**かな！

CHAPTER 15
ボンジョビ事件

　当時、付き合っていた彼女がニューヨークに引っ越すことになった。移り住む時期について二人で話し合っているときに、ちょっとした行き違いから口喧嘩になってしまった。なにがきっかけの口論だったのかは、今もって思い出せない。頭からきれいさっぱり消えてしまうほど、しょうもない喧嘩だったのは間違いないが。

　で、ちょうどその時。

　そばに置いてあった、俺の携帯電話が鳴った。

　電話をかけてきたのは、Ｓさんだ。元レーサーで、引退後はハーレー専門のバイクショップのオーナーをしている。

「すみピョン、元気？　何してるの？　今晩、暇？　実はさぁ、芦屋のレストランＰあるやんか。あそこでボン・ジョビさんと、今夜メシ食うことになったから、良かったらおいでよ！」

　誰や？　ボンジョビって。俺にはまったく見当もつかなかった。Ｓさんの友達の外人さんかな？

「ゴメンね。今、彼女と喧嘩して大変なんよ。だから今夜は無理なんで、またあらためてね！」

　と電話を切り、彼女と喧嘩の続きを始めたのである。

　それから彼女とは険悪な雰囲気になりながらも、お互い妥協点を探りあい、数時間をかけて話し合って、最終的には仲直りに至った。

時計の針はすでに深夜0時を越えていた。
　家に帰る彼女を送る途中で、俺はふとさっきの電話のことを思い出して、彼女にこう聞いた。
「そういえば、Ｓさんから食事会のお誘いあったけどさ。
ボンジョビって誰？ 会ったことある？」
「はあっ？」
「いや、だから、俺の知ってる人？」
「はあっ？」
　会話は全く噛み合わなかったが、夜も遅いのでとりあえず彼女を送り届け、俺もマンションに戻って寝た。
　翌朝である。
　目を覚ました俺は、スポーツ新聞をめくり、そして驚愕した！
　芸能欄のトップ記事に、
「ボン・ジョビ　日本公演最終日　ハーレー談義に花を咲かす」
と書いてあるではないか！
　つまり、俺は知らなかったが、要約するとこうだ。
　ボン・ジョビとは世界的に有名なロックミュージシャン。日本公演のために来日していた。その最終日に、ハーレーをこよなく愛するボン・ジョビが、「日本でハーレーに詳しい人は居ないのか？」と側近に尋ねたところ、Ｓさんの名前が浮上し、急遽食事会が開かれたということだった。
「ボンジョビって、誰やと思ったら、超有名な人やったんや……」

後日。

そのことを知り合いに打ち明けた。

「ボン・ジョビとの食事会より彼女を優先する人間、世界中探しても、滅多におらんぞ」

後悔先に立たず。

今でもかなり残念に思う。もったいなかったなぁ〜。

CHAPTER 16
アナログ人間、IT革命の波に乗る

　未曾有の阪神淡路大震災や、行政指導など、俺の会社はその後も山あり谷ありだったが、それでも経営そのものは右肩上がりに伸びていった。設立から7年余り、店舗数も10を数え、従業員も70名ほどに増えていた。一級建築士も数名雇い、設計施工を手がける工務店も設立した。

　俺の女性好きは相変わらずだったが、プライベートでは同い年の女性と再婚し、2人の男の子に恵まれ、家族4人でそれなりに幸せな家庭を築いていた。

　そんな俺に**「まさか……」**の転機が訪れるなど、この時点では夢にも思っていなかったのである。

■　■　■

　俺が子供の頃、1999年には世界は滅亡することになっていた。
　いわゆる**「ノストラダムスの大予言」**というものだ。
本のベストセラーをきっかけとして、日本中に一大ブームが巻き起こったから、その内容は誰もが知っているだろう。今となっては笑い話だが、当時は、日本人の多くが、完全に嘘だとも言い切れないような、不思議な気持ちで、この予言を受け止めていたと思う。

俺も、なんとなく信じていた。けれど一方で、1999年はあまりにも遠い未来だったから、自分自身がその時代に辿り着けるとは夢にも思っていなかった。

　だが、世界は無事に2000年を迎え、俺も気がつけば36歳になっていた。人類は滅亡するどころか、誰もがITバブルというものに夢中になっていた。

　CEOと呼ばれる存在、ジーンズにTシャツ姿の青年が、株式公開によって一夜にして大富豪になるというサクセスストーリーが、アメリカのシリコンバレーを中心として巻き起こる。その波が日本に押し寄せてくるのにも、それほど時間はかからなかった。

　株式公開なんて、例えるなら東大にトップで入るほど難しいことだと思っていたが、東証マザーズや大証、NASDAQジャパンといった新興市場が創設され、新規で立ち上がったIT企業でも、たやすく株式公開ができるるスキームが日本でも整えられつつあった。

　これが、俗にいう「ヒルズ族」の先駆けである。

　こうして、ITブームという新たな時代の幕が上がったのである。

　当時、俺の会社にも、もちろんパソコンはあったが、正直なところ、俺は何が便利なのかサッパリわかっていなかった。ワープロとパソコンの区別さえつかないという始末だ。

　ある時、ITに少し詳しいスタッフに聞いてみた。

「一体このパソコンで何ができるんや？」

　スタッフは、超がつくほどアナログ人間の俺に、何から説明してよいのか戸惑っている様子。しかし、俺にもわかるように丁寧に教

えてくれた。

「例えばですね、まず会社のホームページを立ち上げますよね?」

「え? ホームページ? 立ち上げ? 何やそれ」

　スタッフはさらに説明のレベルを落とした。まるで幼児にでも話すようだ。

「インターネットっていうのは、世界のどこにいても見ることができるんですよ。もちろん、日本国内でも。例えば、東京に住んでいる人が神戸に引っ越ししたいと思った。そんな時、『神戸　不動産　賃貸』で検索すると、いろんな会社のホームページが画面に現れてきます。そこからたくさんのアパートの情報を取れるんですよ」

　さらにかみ砕きながら、説明は続いた。

「間取りや家賃、室内の写真や動画も見ることができるから、いちいち神戸まで来なくても、自宅で物件を選べるようになるんですよ」

　まるで、おとぎ話を聞いているみたいだった。俺は思わず、パソコンを指さして尋ねる。

「俺んとこのパソコンでも、そんなこと、できるんか?」

「もちろんですよ!」

「まるで、コンピューターやな!」

「ええ(笑)。パーソナルコンピューターですから(笑)」

　俺の言葉に、スタッフは思わず吹き出してしまった。

「そのホームページとやらは、誰に頼めば作ってくれるんや?」

「探せばいくらでもいますが、ホームページを一から作ろうとすると、結構費用がかかるんですよね」

「なんぼくらいするねん？」

「そうですね、一度業者に見積もりさせてみますか？」

「そやな！　すぐに頼むわ!!」

　こうして、何でもかんでも紙ベース、つまりアナログで管理していた俺の会社も、IT化に向け、第一歩を踏み出したのであった。

　それからしばらくして、ホームページとやらの見積書を持って業者がやってきた。

　金額を見て、びっくり仰天。

　300万円！

「0が1個多いんやないか？」

　俺は白目を剥いた。

　しかし、業者いわく、デザインから顧客管理、物件検索システム、専用サーバーの設置……その他もろもろを含めると、これでも赤字だという。

　俺は、その場では判断せず「とりあえず検討するわ」と言って、

ひとまずその日は帰ってもらった。
「さて、困ったもんやな……。もっと安くなる方法ないか？」
と、スタッフに相談してみた。
「そうですね、私の妹がコンピューター関連の会社に勤めていたので、一度相談してみましょうか？」
「そやな、一回会わせてくれへんか？」
　後日、部下の妹さんに会い、そこで自分の考えや思いを告げてみたところ、彼女が知り合いを紹介してくれた。その人は、結婚して専業主婦をやっているが、ITのスキルは相当なもの。彼女にお願いすれば、テンプレートというものを使って数万円でホームページを作ってくれるという。
「テンプレート!?」
　天ぷらがのっているプレートが、俺の脳内には浮かんでいた。
　なにがなんだか分からないが、とにかく、その人に依頼することにした。

CHAPTER 17
人生最大の転機

　そして数週間後、ホームページや顧客管理システムなど、依頼した全てのものが出来上がったとの知らせがあり、俺はさっそく、その人に連絡をした。出来たものを受け取らなければ。

　彼女は東京に住んでいるという。俺が「ほな、新幹線でホームページを取りに行きます」と伝えると、受話器の向こうで彼女が「？」マークだらけになっているのが、雰囲気でわかった。

　どうやら、わざわざ東京に行かなくても、「データで飛ばす」という行為を行えば、俺の会社のパソコンにホームページを貼り付けることができるらしい。

「なんやそれ？　会いに行かずに、欲しいものが手に入るって、どういうことや!?」

　俺の頭の中はもう、ファンタジーの世界に染まっていた。

　彼女に向かって「あなたは、天才ですね！」と興奮して言うと、

「いえ、これくらいなら、できる人は世の中にいくらでもいますよ。私のような主婦もたくさんやってますよ」

　と何てことなく答える。頭に稲妻が落ちたようだった。

　俺はさらに興奮して、彼女に聞いた。

「こんなことができる主婦がたくさんいるんですか？　こんな高度な技術なのに!?」

すると、その人は俺に「よくぞ聞いてくれた」と言わんばかりに、こう切り出した。
「女の人ってね、結婚すると退職しなければいけない雰囲気に追い込まれるじゃないですか？　まだまだバリバリ働けるのに、居場所がなくなっちゃうんですよね」
　そして、話を続けた。
「女の人は名前を二度無くす、って聞いたことありますか？」
「いえ」
「まず、女性は結婚すると名字が変わり、もともとの名前をなくしますよね。そして、子供が産まれたら、今度は名字ではなく、〇〇君のママって呼ばれてしまうんです。これって、人格もなくしてしまったような寂しさがあるんですよね……」
　そう言って彼女は、ちょっとだけ、うつむいた。
「世の中には、仕事ができて、スキルが高い女性がたくさんいるのに、結婚と同時に活躍の場所を奪われてしまっているのが、今の現状なんですよね……。あっ、ゴメンなさい！　愚痴みたいになってしまって。話は脱線したけれど、私のような専業主婦でも、やれる仕事が実はいっぱいあるんですよ」
　俺の頭のコンピューターが、高速回転をし始めた。
　仕事ができる主婦。
　在宅。
　彼女たちのやりがいと社会参加……。
　もしかすると、これは人生最大のビジネスチャンスかもしれない！

俺は、興奮と武者震いを抑えることができなかった。

頭の中では、物凄い早さでビジネスモデルが出来上がっていった。

つまりはこういうことだ。

世の中には、結婚を機に退職した女性をはじめ、高齢者や障害者など、仕事をしたくてもできないという人が大勢いる。世の中はIT革命の時代だ。データ入力などの業務を発注したい企業も、今後はどんどん増えていくだろう。かといって、現実問題としては、両者がビジネスでつながるのは簡単なことではない。

発注する企業側の立場になって考えると、いくらスキルがあるとはいえ、一介の個人に発注することには不安があるはずだ。当時は、SOHOと呼ばれる在宅での勤務者も増えてきていたが、その市場でも、業務の内容と、仕事を受ける側のスキルとがマッチしないという事態も生じていた。

だったら、品質管理や納期も含めてすべてこちらで管理すれば、企業側も安心して仕事を発注するのではないか……。

このビジネスモデルが実現すれば、SOHO市場を後押しできるだろう。なぜなら、企業は低コストで業務を発注できるし、受注側も空いた時間を利用して、自分のスキルに合った業務を請け負うことができるからだ。

働き手のスキルと業務に従事できる時間、そして発注する側の希望と業務の内容、そして難易度。

それらをすべてシステム構築して管理すれば、適切にマッチングすることは可能だ。

もしかしたらこれは、壮大なビジネスになるのではないだろうか。

　そして何よりも、世の中のためになるのではないか。

「やっちゃるき～！」

　俺は叫んだ。

　まるで、坂本龍馬になったかのように、大声で叫んだ。

部屋の壁には
いつも格言が。

CHAPTER 18
時代を築いたる！ ＩＴビジネス参入へ

　俺は、このシステム構築の企画書を作成するために、大企業である「日本ユニシス」の統括本部長を人づてに紹介してもらった。

　統括本部長は、森田さんという人だ。

　俺はすぐに会いに行き、初対面の森田さんへ、自分の考えやビジョンを2時間かけて熱く語った。森田さんは、時折大きくうなずきながら、俺の話を聞いてくれた。

　そして、話し終えると
「住川さん！ これは住川さんが考えたんですか？ 素晴らしいアイディアですね。是非、一緒にこの夢を現実に変えていきましょう！」
と熱く賛同してくれた。

　森田さんは続けてこう言った。
「しかし、このシステムを作り上げるには、弊社では1億円以上の費用が生じると思います。もうすでに、VCは付いているんですか？」
「VC……ですか？」

　？？？ 仮面ライダーの名前みたいだが、とにかく初めて耳にする言葉だった。

　俺は、勇気を出して、森田さんに聞いてみた。
「すいません。あの、VCって何ですか？」
「ああ、失敬、ベンチャーキャピタルのことですよ」

「ベンチャーキャピタル？」

　俺の頭の中には、ますます？マークが飛び交った。

　それを察知したのか、森田さんは丁寧に説明してくれた。
「簡単に言うと、投資家ですよ。つまり、企画書で示された将来のビジョンに、彼らは多額の金を投資する、つまり株主になるわけです。住川さんの会社がIPOすれば、投資家たちも莫大な利益を得ることができるわけですよ」

　俺は、恥かきついでに、さらに質問をした。
「IPOって何ですか？」

　森田さんは、「これまた失敬」と言い、IPOとはつまりは株式公開のことであると、分かりやすく教えてくれた。その表情は、もちろん俺を小馬鹿にしているのではない。ITとは無縁なアナログ人間が考えたビジネスモデルに、森田さんも刺激を感じているように見えた。

　その場で早速、森田さんはVCなるものに連絡を入れてくれた。たまたま大阪駅の近辺にその担当者がいたので、1時間後に日本ユニシス大阪本社で、打ち合わせを持つこととなった。

　1時間後。VCの中では日本で一番大きいとされる、野村證券傘下のJAFCO（ジャフコ）という会社の人間がやってきた。

　俺は、もちろん、そんな大きな会社の人が来たとは知る由もなく、JAFCOというスペルを見て、
「何て読むのだろう？」

　と考えているようなレベルだったのだが、ともあれ、その

JAFCOのVC担当者へ、熱くビジネスモデルを語った。

VC担当者は、ぐっと身を乗り出してきた。
「面白いですね。これはユニシスさんと、アライアンスですか？」
と私に聞いた。

多分、森田さんは俺がアライアンスの意味がわからないことを察知したのだろう。俺の代わりにVC担当者に向かって、
「ええ、アライアンスも含め、いろいろな方向で検討していきたい案件のひとつです。場合によっては、親会社でもある三井物産も巻き込んで大掛かりなプロジェクトにしたいと考えています」
と答えた。当時は、あの大手商社の三井物産が日本ユニシスの親会社だったのだ。

それを聞いたVC担当者は
「そうですか、分かりました。弊社も投資を検討していきたいのですが、正式な企画書はいつごろ出来上がりますか？」
と聞いた。

俺は「明日中に仕上げます」と言いかけたが、待てよ、と思いチラッと森田さんを見た。すると森田さんは、
「そうですね。いろんな角度から検証していく必要があるので、3カ月は欲しいですね。ねえ、住川さん」
と言った。

俺は（慌てて答えなくてよかった）と、内心、ホッと胸をなでおろしながら、「そうですね、3カ月は欲しいですね」と調子を合わせた。

三者での打ち合わせから数日後、森田さんから連絡があった。

　俺が考えたビジネスモデルの話を聞きたいと、他のVCからも打診があった。ぜひ来てくれないか、と言うのである。どこのVCか尋ねると、日本アジア投資とソフトバンクインベストメントだという。

　これは、あとで知ったことだが、VCというのはハイエナみたいな嗅覚があり、金の匂いがするところには、あっという間に群がってくる。まして、日本最大手のJAFCOが投資すると聞きつけると、ビジネスモデルもろくすっぽ見ずに、われもわれもと投資をしてくるのだ。そんなVCが大活躍するような時代でもあった。

　俺は、森田さんと何度も打ち合わせを重ねた結果、プレスリリースを打つことにした。
「まだ、ビジネスモデルも確立していなくて、時期尚早だとは思いますが、鉄は熱いうちに打て。とりあえずやっちゃいますか！」と森田さん。

　俺は相変わらず意味がわからなかったが、
「そうですね！　やりましょう！」と、熱く返事をした。

　またしても、森田さんはその場で名刺を取り出し、日本経済新聞社の記者に電話をかけた。

　記者と森田さんはツーツーのようで、「どうも、どうも、ご無沙汰しています」などと世間話をした後、おもむろに「今度うちが共同で手掛けようとしているプロジェクトがあるのですが、これが、結構面白いんですよ。ぜひ、取材どうですか」と切り出した。

　こうして、日経新聞の取材があっという間に決まったのだ。

取材の当日も、俺は日経の記者に向かって、いつものようにビジネスモデルを熱く語った。しかし、記者は特にメモも取らず、相槌を打つでもなく、ただ黙って話を聞いていた。その態度に、「このおっさん、聞く気あるんかな」とちょっとムッとした。

　だが、このときの取材が、なんと日経産業新聞のトップ記事として掲載されたのだ。記事を読み、俺は驚き、そして感心した。俺のビジネスモデルが、誰が読んでもわかるように、明確にまとめられていたからである。天下の大新聞だけあって、その第一線で活躍する記者は、いちいちメモを取らなくても、頭の中で理路整然とした文章にまとめられるのだ。

　新聞に記事が掲載された後、数多くの大手企業から問い合わせの電話が来るようになった。さらに俺のビジネスモデルは、ベンチャー雑誌などさまざまな媒体にも紹介された。

　そうして、俺自身もどんどん華やかな舞台へと担ぎ出されていくようになる。

　俺は、このビジネスに命をかけていた。そのため、今まで苦労して築き上げてきた不動産会社10店舗をすべて、それぞれの支店長に破格の安さで売却し、資金を作った。

　そして、神戸の元町、「神戸旧留地」にある、三菱信託銀行が所有するビルの1フロアを全て借り切った。異国情緒あふれる一等地だけに、家賃だけでも軽く200万円は超えた。しかし、俺にとっては人生最大の勝負だ。金に糸目をつけず、ITに精通したスタッフもどんどん雇い入れた。最新のOA機器も100台ほど導入した。

俺の頭の中には、上場したベンチャー企業のCEO・住川の姿がありありと浮かんでいた。シリコンバレーの成功者たちのように、ジーンズにTシャツ姿で、軽々と巨万の富を得る自分自身の姿が。そして、その未来予想図は必ず実現すると確信していた。

　時はあたかも2001年。子どもの時は遠い未来のように思っていた21世紀が幕を開けた。

　人類が滅亡していたかもしれない、その未来で、俺は一つの時代を築き上げようとしていた。

　ITブームはさらに加速度を増し、東証マザーズに上場した20代の社長たちが、何百億円もの資産を手にしていた。ヤフージャパンも上場し、1株1億円という途方もない値が付いた。OA機器や通信回線を扱う光通信は、トヨタの時価総額を追い越すほどの勢いであった。ITと名のつく企業と、その関連企業の株は軒並み上昇していった。

　時代はまさにITバブル真っただ中だった。

CHAPTER 19
倒れたハシゴ

　いま、当時の俺を振り返って思う。

　思考回路が完全にマヒしていた、と。

　俺は、何度も想像していた。自分が立ち上げたIT企業で、見事にIPO（株式公開）を果たし、巨万の富を得た自分の姿を。

　だがそれはいつしか、明るい未来予想図でも、夢でもなくなっていた。

「俺はなんて強運なんだろう。そして、なんて能力の高い人間なんだろう」

　そんな奢りや過信へと性質を変えていたのである。

　しかし、世の中はそんなに甘くはなかった。

　好事魔多し、というが、人間、有頂天になっている時ほど足元をすくわれやすい。そして、すくわれたと同時に奈落の底に転落するのが、いつの世でもお決まりのルートだ。

　俺も例外ではなかった。

　光通信やソフトバンクなどのIT関連の株が、連日ストップ安となった。それは1週間以上も続き、IT関連の株はわずかひと月足らずで、時価総額が10分の1になった。

　それまでベンチャーキャピタル（VC＝投資家）は、ITと名前がついていれば、実態や中身のない会社にも、次から次へと節操なく

投資をしていた。その理由は、100社に投資して99社が紙くずになっても、1社がIPO（株式公開）を果たせば、十分に利益を得られるからだ。

現にヤフー・ジャパンの公募価格（新規に公開した株を投資家が買うときの価格）は70万円だったが、その時代の最高値は、1株1億6400万円という衝撃的なもの。その差額分が利益になるわけだから、IT企業に投資するうまみは膨大だったに違いない。

しかし、いったんITバブルが崩壊すると、ベンチャーキャピタルは、まるで潮が引いたように投資をしなくなった。儲けの出ない商売からはさっさと撤退するのも、またハイエナらしい。

同時に、あれだけ持ち上げられ、祭りあげられた俺の会社への投資も、全てが凍結されてしまった。

つまり俺は、ここにきて突然、はしごを外されてしまったのだ。

IPOすることを頑なに信じ、会社へ莫大な経費をかけ、あまつさえ私費までつぎ込んでいた俺が、すっからかんのオケラになるのも時間の問題だった。そして、案の定というか、予定通りというか、俺の会社は資金ショートで倒産した。

IPOすると自慢げに話していた俺が、倒産したことを知った者の中には、「ざまあみろ」と心の中であざ笑う者もいたに違いない。長年かけて築き上げた不動産会社は、すでに部下たちに譲渡していた。

人生を賭けた会社を失った俺に残されたのは、多額の負債だった。

俺は失意のどん底にあった。自然と、足がビルの屋上へと向かう。俺は、飛び降りてしまおうとまで思い詰めていたのだ。

だが、強風吹きすさぶ屋上から下を見た途端に、俺の足がすくんだ。
　飛び降りる勇気など、1ミリも持ち合わせていなかったのだ。
　その時、腹の底から痛感した。
　俺は強運でもなければ、能力が高いわけでもない。まして、ここから飛び降りる勇気すら持っていない、ただの虫けらだ。
　いや、虫けら以下かもしれない、と。

CHAPTER 20
負のオーラが招き寄せた最悪の事態

　人間というのは落ち目になると、悪いオーラを体から放ってゆく。俺がそのとき放っていた悪いオーラは、さらなる負の連鎖を引き起こした。

　人生最悪の出来事を招き寄せてしまったのである。

　ある日、俺の携帯が鳴った。

　電話をかけてきたのは、Mという名の男。かつて、俺の部下だった人物だ。

　受話器を取った俺に、Mは挨拶もそこそこに、こんなことを言った。

「お久しぶりです。ちょっと儲かるビジネスがあって、出資してくれる方を探しているんです。住川社長、一度お話しだけでも聞いていただけないでしょうか？」

　あまり気が乗らなかったが、俺は、近日中にMと会う約束をした。

　それから数日後、喫茶店で会うなり、Mは、その儲け話とやらを持ちかけてきた。

　要約すると、こんな話だ。

　販売するのは、ある教材だ。原価1000円にも満たない商品が、30000円で飛ぶように売れている。なぜかというと、法律すれすれのやり方をしているからだ。売った後にきちんとアフターフォローすればなんら問題はないが、売りっぱなしにすると、詐欺とまで

はいかないが、特定商取引法に抵触する……。

　Ｍが持ちかけてきたのは、トレース教材の販売であった。

　俺は「確かに売れると思うが、アフターフォローはちゃんとできるのか？」と念押しして尋ねると、Ｍは「アフターフォローは万全ですので、安心してください。とりあえず、500万ほどあれば、ビジネスがスタートできます」と言う。

　胡散臭いなと思いつつも、半ばやけくそ、捨て鉢になっていた俺は「分かった、500万円用意するから、コンプライアンスだけはくれぐれも順守していくように」と重ねて念を押した。

　そして「俺は顧問的な立場で、月額30万円の報酬を受け取る」という約束をした。

　倒産直後の俺にとって500万円というお金は大金だし、そもそも、そんな金はどこにもない状態だった。

　俺は、会社を経営している後輩のＫに電話を入れた。

「ちょっと事情があってな、1000万円ほど貸してくれないか」

　Ｋは二つ返事で承諾し、俺はＫから借りた金のうち500万円を出資金としてＭに渡した。そして、残りの500万円はいざという時のために使わずに取っておいた。

　ほどなくして、Ｍは事業をスタートした。俺は経営や営業に関するアドバイスはしたものの、Ｍの事務所に立ち寄ったこともないし、従業員の顔すら知らなかった。ただ、Ｍから時々、営業トークの方法などについて相談を受けることがあり、それは俺の得意分野だったので手取り足取り丁寧に教えてやった。

その頃の俺は、何とかしてもう一度這い上がろうと、新しい事業を模索していた。たまたま、九州に住んでいる知り合いが、ワンルームマンションを建築して節税対策として高額所得者に販売する事業を始めていたので、俺もノウハウを得るために九州で単身赴任生活を始めたところだった。

それから約1年後、知らない番号から携帯に着信があった。

電話に出ると、Mの会社の従業員だった。電話の主はとても慌てた様子で、

「Mが会社のお金を全額持ち逃げして、行方をくらました。給料日なのに1円も払えない状態で、このままでは大変なことになってしまう」

と、まくし立てるように語った。

俺は新幹線に飛び乗り、Mの事務所に直行した。Mの会社に行ったのは、その時が最初で最後だった。事務所に着くと、俺に電話をかけてきたと思われる男が、鳴りやまぬ電話の対応に追われていた。

俺は、その男にMの事業内容を厳しく問いただした。

Mから俺への毎月の報告によると、1カ月の売り上げは数百万円程度というものだった。しかし、その男の証言によると、1カ月の売り上げは5000万円以上もあり、商品を販売した顧客の数は2万人を超えるという。

「そんな膨大な顧客がいて、アフターフォローは満足にできているのか？」と問い詰めると、

「いえ、売って売りっぱなしなので、毎日苦情の電話が後を絶ちま

せん」という。

　そう話しているそばでも、多分、クレームだろう。後ろのデスクでは、電話がひっきりなしに鳴っていた。

　俺は唖然としたが、ああだこうだ言っていても始まらない。まずはとにかく、Мを探し出さねばらならない。俺は、ありとあらゆる情報網を使い、Мの居場所を突き止めた。海外にでも逃亡したかと思っていたが、なんと車で10分くらいの場所にヤツはぬけぬけと居座っていたのだ。

　俺はМを捕まえて問い詰めたが、Мには全く悪びれた様子はなかった。

　思わずカッときて、握りしめた拳で、Мの顔面に渾身の右ストレートをお見舞いした。

　Мは鼻からものすごい量の血を垂らしながら、目の前にあったマクドナルドに逃げ込んだ。

　俺は店から少し離れた電柱に隠れて、しばらく様子を伺っていたが、Мは店の奥の厨房から110番通報をしたらしく、数台のパトカーがけたたましいサイレンとともにやってきた。

　もうだめだ！　俺は観念しつつも、とりあえずその場から立ち去った。

　警察からすぐに連絡が来るだろう。そう思い、俺はすっかり腹をくくっていた。

CHAPTER 21
もう一度だけ

　だが、その日から2カ月たっても、どこからも何の音沙汰もなかった。

　傷害罪ですぐさま逮捕されると予想していた俺はしびれを切らし、自分から警察に電話をして、これまでの経緯を説明した。

　すると、担当刑事から折り返し電話がかかってきた。
「今すぐにでも出頭する」と刑事に伝えると、彼は
「いや、悪いけどもう少し待っといてくれるか。こちらにもいろいろと事情があってな。悪いな。また連絡するさかい、それまで、待っといてーな、ごめんな」

　と、自分の用件だけを言って、さっさと電話を切ってしまった。

　何かおかしい……刑事のこの態度に疑問を抱いた俺は、知り合いを通じてMの情報を探ってもらったところ、とんでもないことが判明した。

　Mは俺にどつかれた直後に警察署に行き、その理由をこうでっち上げたのだという。
「私は住川という男に、詐欺のマネゴトをさせられていました。良心の呵責に耐えかねて警察に自首すると言ったら、『お前、そんなことしたら、命はないぞ！』と脅され、あまりの恐怖から職場を放棄して逃げ出したのです。そこを住川に見つかって、いきなりどつ

かれたのです」

 しかも、そんなMのホラ話をなぞり固めるように、連日、警察では任意の取り調べが行われているという。

 俺は、キツネにつままれたような気分だった。そして、驚き呆れた。しかし、俺はMのビジネスには何ら関与していないわけだから、傷害以外でしょっぴかれることは、まずないだろうと予測を立てていた。

 家に帰った俺は、妻に事情を話した。
「そんなこんなやけど……なんか、とんでもないことに巻き込まれている気がするんや。どちらにせよ、傷害罪でパクられることは間違いない。家族だけには迷惑をかけたくないし、形式の上だけでも離婚をしよう。これは、おれからの慰謝料や」

 と言って、いざという時のためにと保管していた、虎の子の500万円を妻に渡した。

 そして、「とりあえず、しばらくの間は神戸を離れて、どこか静かな所で暮らしてほしい」とお願いした。

 事情を汲んだ妻は、すぐに承諾した。そして長男に「もし、神戸を離れて遠くに住むとしたらどこがいい?」と聞いた。

 選んだ先は、石垣島だった。
「前に遊びに行った時、海が綺麗やったから」
 長男は、そう笑顔で答えた。

 話はとんとん拍子に進み、妻と息子たちは、無事に石垣島へ移り住んでいった。

一方、神戸にひとり残った俺は、逮捕されるＸデーをビクビクしながら待ち続けた。それからさらに数カ月が過ぎて、ようやく俺も警察署に任意で呼び出されることになった。

　てっきり兵庫県警に呼び出されるとばかり思っていたのに、俺が呼び出されたのは大阪府警本部だった。何度か事情聴取を受けた後、俺は刑事に聞いた。

「俺は逮捕されるんかな」

「いや、それはわからん。わしらは今、それを調べてるとこや」

「大阪府警が調べるんか？」

「アホか。うちだけやない。今のところ兵庫、大阪、奈良の合同捜査やけど、今後はさらに増えるかもしれへんで」

　自分の知らないところで、どんどん事件が大きく膨らんでいることに、俺は、言葉にならないほどの恐怖を覚えた。

　帰り際、俺は刑事にこう言った。

「なあ、もし逮捕状が出ても、俺は逃げも隠れもせえへん。だから、もしその時が来たら、俺も身辺整理の時間が必要なんで、せめて３日くらいは猶予をくれへんか」

　すると刑事は言った。

「分かっとる。お前が逃げたりせえへんことは、よう分かっとる。だから、その時は、前もってちゃんと連絡したる」

　刑事は、俺を見つめて言った。

「わしも、はっきりしたことは立場上もあるし伝えられへんけど、お前が察することができるように、ちょっと遠回しな言い方になる

けど、ちゃんと伝えたる。だから、そのかわり逃げるなよ、住川。約束やで」

　おれは「分かった」と一言だけ言い残し、大阪府警本部を後にした。

　それから1カ月ほど過ぎたある日、電話が鳴った。

　例の刑事からだった。

「住川、来週、もっかいこっちまで来てーや。ちょっと詳しく話を聞きたいねん。来週の金曜日あたり来れるか？」

「来週の金曜日、大丈夫やで。なんか、ついでに持っていくもんないか」

「せやな、着替え持ってきてるほうがええかもわからんな」

　刑事のその一言で、俺は理解した。

　俺は、金曜日に逮捕されるんや……。

　念のため刑事に、「そういう事やな」と聞くと、刑事は答えた。

「頭のええお前やから、分かってるわな。待ってるで」

　いよいよ、逮捕や。

　腹は据わった。

　だが、その前に、もう一度だけ子どもたちに会いたい。

　そう決めた俺は、翌日の飛行機に飛び乗った。

　行き先は、もちろん石垣島だった。

CHAPTER 22
ヤシガニ

　石垣空港に到着する直前の機内は、乗客みんながテンションMAXだった。

　座席から窓側に身を乗り出し、眼下に広がる広大なサトウキビ畑とエメラルド色に輝く海を眺めて、その美しさに歓声を上げる乗客もいた。

　そんな中、浮かない顔の乗客が一人。

　説明するまでもなく、それは俺だ。

　乗客の中で「誰が一番暗い顔やねんコンテスト」なんてものがあれば、間違いなく俺は優勝しただろう。それほど、暗かった。

　降り立った石垣空港からタクシーに乗り込む。走るクルマの中で俺は、自分にスイッチを入れた。

　満面の笑みを作る。暗い顔は、家族には見せられへん。

　そうして俺は、子供たちが待つ自宅に向かった。

　子供たちは俺の顔を見るなり、歓声を上げて、嬉しそうにぴょんぴょん飛び跳ねた。

　俺も「今日はみんなでバーベキューやるぞ！」とハイテンション。子どもたちを連れてホームセンターとスーパーに買い出しに出かけた。バーベキューセットはもちろん、肉や野菜、それに花火も買った。

　はしゃぐ子どもたちと、近所にある大浜海岸へ。南国とはいえ、

さすがに２月の海岸には人はまばら、バーベキューなどやろうとしているのは我が家だけだ。

　俺は慣れない手つきで火を起こした。冬の海風が吹く中、鉄板の上では次から次に具材が焼き上がっていく。子供たちもこれでもか！というくらい肉や野菜を平らげていった。

　バーベキューも終わりに近づいた頃、俺は子供たちに尋ねた。

「どうや、友達できたか？ 学校は慣れたか？ いつも、何して遊んでるんや？」

　俺は子どもたちのことが何より心配だったし、こんな遠くの島までやってきたことを不憫だと思っていたから、その答えを聞くのは正直、怖かった。

　しかし、子どもたちの返事は、予想に反するものだった。

　島にスッカリ慣れた彼らは、

「友達がたくさんできた！」と笑顔で答えてくれたのだ。

　俺は胸をなでおろした。

「そっか、それは良かった。で、なにして遊んでるんや？」

　再び尋ねると、またまた予想もしない答えが返ってきた。

　なんとヤシガニを捕まえて、それを居酒屋に売りに行っているというのだ。

「えっ？ ヤシガニいうて、そらなんや？」

「お父さん、ヤシガニ知らんの？ あとで捕まえに行く？」

「お前、捕まえれるんか？ 行こ行こ、ヤシガニ捕りに!!」

　こっちに引っ越して、まだ数カ月しかたたないのに、すっかり立

派な島人になっている子供の順応性の早さに脱帽した。

　そのたくましさが、嬉しくてたまらなかった。

　そんなことで、俺はヤシガニがどういうモノなのか想像もつかないまま、子供たちとさっそく捕獲に繰り出した。

　南国特有の、海岸沿いにある森林。そこにヤシガニは生息しているらしい。

「ほんまに捕れるんか？」

　まぁ見ていてよ、と言わんばかりに、息子はスコップでせっせと穴を掘り、そこにバケツを嵌め込んだ。そうやな、落とし穴を想像してもらうと分かりやすいだろう。その穴に餌となるウインナーを入れ、放置しておけば、数時間後にはヤシガニとやらが捕獲されているらしい。

　俺たちは、そのあいだ、花火をして過ごした。辺りは真っ暗になり、波の音がやけに優しく聴こえた。俺は、当時小学校４年生だった長男に「いつもこの海岸で遊ぶのか？」と尋ねた。すると長男は「そやで。そこに基地を作って、みんなで遊ぶんや。罠を仕掛けて魚を獲ったり、タコを獲ったりもするよ！」と得意げに答えた。

「へえ、漁師みたいやな。お前、ここが好きか？」

「うん！　メチャメチャ好きやで！」

　小学４年で、父親と別れて知らない土地に移り住み、寂しくないはずはない。だが俺は息子の言葉を聞いて、その寂しさをすべて包み込んでくれる、この海に感謝した。

　必ず、またここに戻ってくるんや。俺はそう誓った。

俺の心を知ってか知らずか、石垣の海は、相変わらず優しい波音を立てていた……。
「もう、そろそろ、ヤシガニ来てるかも？」　そう言って、息子はヤシガニの罠のところへ小走りで向かっていった。
　そして、大きな声で俺に向かって言った。
「お父さん！　ヤシガニ、ゲット！」
　俺は息子のもとへ全速力で走っていった。
　バケツの中を懐中電灯で照らすと、そこには大きな伊勢エビみたいなやつがいた。
「これヤシガニか？　エビと違うんか？」
「いや、これがヤシガニ。食べたら美味しんやで！」

ヤシガニ
とれとるか～？

たしかに、でっぷり太った伊勢エビのようなヤシガニは見るからに旨そうだった。
「これ、居酒屋に持って行ったら500円で買ってくれるんやで」
　息子が自慢げに言った。
「へええぇ、お前凄いな、もう行商やってるんや（笑）」
　俺は自分の子どもの頃を思い出し、息子と重ねてクスッと笑った。
「とりあえず、今日はヤシガニ逃したろな。また今度、父さんが来た時に捕まえて食べるわ」
「うん、わかった！」
　助かった、という顔をしたかどうかは分からないが、ともかく難を逃れたヤシガニは、地面をよたよたと這いながら、そのまま森林の繁みに消えて行った。

■　■　■

　子供たちとの短い再会の時間は、あっという間に過ぎた。
　石垣空港から戻りのJTAは、定刻通り、関西空港へ到着。
　そして、飛行機を降りた瞬間、俺は報道関係者らしき人たちに囲まれた。
「住川さんですか？」
「いえ、違います」
　メディア連中の間を小走りですり抜け、空港の1階へ降りた。
「なぜ俺があの飛行機に乗ってるのが分かったんやろ？　それより、なぜマスコミに俺が追いかけられるのか？」

俺の頭の中はまたしても？マークでいっぱいになった。思考回路がショートしそうだった。

　まさか1階までは追いかけてこないだろう。そう思った俺の当ては、完全に外れた。

　あらかじめ入手していた写真か何かと、実物の俺を見比べて確信を得たのだろう、報道陣は俺を見つけるとダッシュで駆け寄ってきた。そして「住川さんですね！」と今度は断定口調で声をかけてきた。

　俺は不機嫌さを全面に出して文句を言おうと思ったが、俺にマイクを向ける女性キャスターがあまりにも美人だったので、不覚にも立ち止まりインタビューを受けてしまった。テレビカメラもしっかり回っているというのに。

　まったく、**俺の女好きは死ぬまで治らないだろうな……。**

　このときのインタビューの様子は、後日、俺が逮捕された時に、夕方のニュース番組で全国に流れた。

　俺のことを嫌いな奴らはそれを見て、「あいつ、飲み屋のねえちゃんとハワイから帰国した時に、関空で逮捕されたんやで」と好き勝手なことをほざいていたらしい。

　俺は女にはモテるが、男からはどうしてこんなに憎まれるのだろう？　いや、憎まれるというより、妬まれるという表現が正しいかもしれないが、ともかく事実無根のことを言いふらす奴まで現れる始末だった。

　俺の石垣島の旅はこうして終わった。それと同時に、逮捕までのカウントダウンが24時間を切ったのだった。

CHAPTER 23
ダボハゼ、逮捕される

　大阪府警本部に出頭した俺は、ほどなく逮捕された。
「えらい長いこと待たせてスマンかったな！」
「ほんまや、待ちくたびれたわ！」
　俺は、内心恐ろしかったが、余裕があるフリをした。
　刑事によって逮捕状が淡々と読み上げられ、俺は手錠をかけられた。俺は笑って、刑事にこう言ってやった。
「イチイチ手錠かけんでも、ここからどうやって逃げれるんや」
　大阪府警本部の取調室は、所轄にあるものと全く違っていた。
　地下に専用駐車場があり、そこに車が入るとすぐに後ろのシャッターが閉じられる。そして完全に閉じてから、次のシャッターが開くシステムになっている。サファリーパークに車が入る時、ライオンやトラが外に逃げ出さないよう、後ろと前のゲートが交互に開閉するが、その仕組みと似ている。
　そうして署に入り、車を降りると、今度は目の前の専用エレベーターに乗る。そのエレベーターは、取調室のフロアと留置場にだけ繋がっている。つまり、逃げることは絶対に不可能なのだ。
　刑事は俺に「手錠をかけられた瞬間から、お前の身分は参考人から被疑者に変わった」と告げた。そして、「黙秘権と弁護士をつける権利が、お前にはある」と言うと、手錠を外した。

「はめたり、外したり、いったい何の儀式やねん」

　笑いながら、俺はまた刑事に突っ込みを入れると、刑事は

「まあ、わしらもマニュアルに沿わないかんねや」

と、苦笑いをした。そして

「今日はもう遅い。早速、宿に案内するから、チェックイン済ませてゆっくりしとけや。お前のためにええ宿を予約してるんやで。なんというても、お前は悪の組織の大ボスやからな！」

　と、思い切り嫌味を言い、また、儀式のように手錠をかけた。

　俺は、ふたたびエレベーターに乗せられた。連行されたのは、留置所のフロアだ。エレベーターが開くと、目の前には鉄の扉があり、呼び鈴を押すと小さな窓から留置所の担当官が顔を見せた。そして、われわれの姿を確認すると、鉄の扉がギィッと開いた。刑事は手慣れた様子で、ここでも「一名お願いします。大物です」と嫌味を言いよった。

　留置所担当官は「はいはい、宿帳見せてくれる？」と刑事から逮捕状を受け取ると、確認し、チェックインの手続きを始めた。

　エライこと高級なホテルやで……。

　手続きの作業をしながら、担当官は俺にこう言った。

「中にはクローゼットもあるから、好きなだけ着替えを持っていってええよ。ただし、紐のある服は、紐は外してな。首を吊られたら、かなわんからな」

　俺が持ってきた着替えの中には、スノボのウェアがあった。少年時代に入れられた留置所はスキマ風がビュービュー吹き込んでいた

せいで、寒いイメージがあったからだ。

持ち物検査でウェアを見た担当官は「こんな服、要らんで。夜はみんな半袖で寝てるで」と言う。俺が「ほんまかいな？ 凍死させるつもりと違うやろうな？」と疑うと、「ほな、好きにしいや」と淡々と持ち物検査を続けた。

とりあえず担当官の言葉を信用して、俺は数枚のジャージやスウェット上下だけを持って、留置所にチェックインすることになったのである。

大阪府警本部の留置所は、少年時代に入った留置所とは天と地ほどの差があった。いや、比較するのは失礼に思えるほど、明るく清潔で、鉄格子が無ければ、最先端の医療機関のようだった。

廊下の天井にはスピーカーが据え付けてあり、クラシック音楽が優しいハーモニーを奏でていた。洗濯機が３台並んだランドリールームでは、好きな時に自由に洗濯ができる。府警本部の食堂の余り物なのか、食事はとにかく豪華で、朝は焼き魚と種類豊富なオカズに納豆まで付いたし、海老フライやトンカツ、オムレツ、ハンバーグなんかも出た。それ以外にも、自腹でウドンや蕎麦を注文することさえできた。

風呂場には広々とした浴槽があり、俺はそれを「秘湯　府警温泉」と命名した。さらに言えば、布団も畳も新品で、もちろん室内は冷暖房完備。看守の言うとおり、真冬でも寝る時は半袖で充分だ。医療体制も完璧で、何かあれば併設の警察病院で優先的に治療が受けられる。俺は喉が痛いと申し出てはトローチをもらい、飴ちゃんが

わりに部屋で舐めていた。

　取り調べを受ける、いわゆる「取調室」も、想像していたものとはまったく違った。大きなフロアにパーテーションで間仕切りされた小さなスペースが無数にあり、さながら大企業の商談室みたいな雰囲気だ。テレビドラマでお馴染みのマジックミラーなど、どこにも見当たらない。

　そして、留置所管理をする警察官は、警察官というより寮長みたいな感じで、留置人に対してとても親切に接してくれた。

　たとえば、ランチや夕食の時間になると、取り調べ中でも必ずインターホンで連絡をしてきて、担当刑事に「飯の時間やから、はよ戻してくれ！」と催促する。

　俺は、そんな留置所で、それから3カ月ほど暮らすことになる。

CHAPTER 24
拘留期限、そして

　施設は立派で快適だったが、一方で、取り調べが快適なわけはない。さらに、取り調べによって進められていたのも、俺にとって有利とは決して言いがたい状況だったのだ。
「独裁者・住川を頂点とする悪のピラミッド」
　そんな組織の構図を、当局は何がなんでも描こうとしていたのである。教材会社を作ったMよりも、住川の方が、力関係が明らかに上である、ただそれだけの理由で。
　Mは犯行に及ぶにあたり、複数の会社を使い分けていたので、当局がその気になれば、会社の数だけ俺を再逮捕できた。
　俺と当局の根くらべが続いていた。Mにも当局にも腹が立ってしょうがないので、取り調べは一貫して否認を通した。
　俺が全面否認を貫いた結果、接見は禁止。面会はもちろん、手紙も一切ダメ。そのため、外の様子は全く分からないままだ。
　家族のことが心配で仕方がなかったが、そこを刑事に攻め込まれないよう、俺は「家族なんかどうでもいい」という態度でカムフラージュを続けた。
　接見に訪れた弁護士も「否認を貫けば起訴されないかもしれない」と言うので、その言葉だけを頼りに、俺は20日にわたる拘留期間を耐えた。

そして、拘留期限の最終日がやってきた。この日までに起訴されなければ、俺は不起訴。無罪放免で釈放される。

　俺は勝利を確信し、不起訴の通知が来るのを、留置所の部屋で今か今かと待ち続けた。しかし、夜の9時を過ぎても何の通知も来ない。

　俺は看守に尋ねた。

「このまま、起訴も不起訴もどちらの通知も来なければ、どうなるんや？」

「夜中の12時には釈放しないといけないやろな」

　看守は言った。「そういう法律やから」

　あと3時間で不起訴の通知が来て、俺はいよいよ釈放される！俺は何の疑いもなく信じていた。

　時計の針が22時を少し過ぎた頃、看守が俺の部屋の前で立ち止まった。

　そして、短く言った。

「住川……起訴！」

「えっ？」

　思わず耳を疑った。

「起訴！」

　まるで頭をハンマーで殴られたようなショックを覚えた。

　起訴、起訴、起訴……！

（なんてことだろう。あんなに辛い20日間を耐えたのに、それなのに、起訴されるとは……一体何が原因なんや!?）

　俺の頭はパニック状態だった。

CHAPTER 25
娘たちからの手紙

　ハンマーで頭を殴られたような、「起訴」の宣告。

　その衝撃もさめやらぬまま、翌朝、俺は弁護士と接見をした。

　弁護士いわく、日本の裁判では、起訴された者が有罪になる確率は99.9%にも上る。

　いよいよ、俺の有罪が現実味を帯びてきたのだ。

　俺は、保釈でここから出られないかと弁護士に聞いた。しかし、裁判が始まるまでは難しい、まして否認してる以上は保釈も接見も許可されないという返事だった。

　ならば、保釈を取り、たとえ有罪になっても執行猶予をつけるには、何をしたら良いのかと聞いた。

　弁護士の答えはこうだった。

「一番の良策は検察の描くストーリーを素直に認め、反省の態度を示すこと。そうすれば、保釈も執行猶予も可能かもしれない」

　俺には、とにかく家族に会いたい一心しかなかった。それで、不本意だが、その作戦を決行することにした。

　打ち合わせが終わるころ、弁護士が俺に、一枚の紙を差し出した。

「娘さんたちから手紙を預かっています。でも、手紙のやりとりは禁止されているので、ここで読んでください」

　そう言って、弁護士は接見室のアクリル板に、両手で手紙を押し

つけた。俺は、アクリル板越しに、娘たちからの手紙を、食い入るように読んだ。

　お父さんが逮捕されたニュースをTVでみて、正直、最初は驚きました。
　でも、お母さんも言ってたよ。
　本当に悪い奴はお父さんではなく、お父さんの会社の社員だと！
　お父さん、心配しないでね。
　私達はいつもお父さんの味方だし、お父さんの事が大好きだし、何よりもお父さんの娘に生まれてきた事を、心より誇りに思ってるからね！
　お父さん、今まで働きすぎだし、頑張りすぎなんやから、ゆっくりと休んでね。身体だけは気を付けてね。
　　　　　　　　　大好きなお父さんへ。
　　　　　　　　　まりん、りさ

子供たちからの、一言、一言が胸を揺さぶった。一文字ごとに込められた彼女たちの優しさに、涙があふれて止まらなかった。

■　■　■

　さらに俺は、二度目の逮捕、いわゆる再逮捕に見舞われることとなった。Ｍが複数の会社を使い分けていたので、罪状は一度目と全く同じだが、建前上は別の事件として扱われるのである。Ｍの会社は、あと数社も存在するらしい。
　この先、俺は何回、逮捕されるのだろう……。
　再逮捕といっても、罪状が同じだから、取り調べも前回と全く同じ内容。しいて言うならば、会社名が違うくらいだ。
　俺は弁護士のアドバイスを元に、執行猶予を取るために、今回は否認をせず、検察の用意した調書にも素直に応じ、署名した。20日の拘留期限ののち、想定どおり今回も起訴された。
「次の再逮捕はいつかな？」
　と指折りかぞえて、１カ月ほど留置所で待っていたが、それから取り調べには一向に呼ばれなくなった。やることもないので、仕方なく留置所の部屋で四六時中ゴロゴロする生活。
　たぶん、俺の人生の中でいちばんヒマな時期やったはずや。

CHAPTER 26
森村刑事

　そして、世間が5月の連休を終えた頃、俺は久しぶりに取り調べに呼ばれたのだ。

　暇から解放される！　と、俺は素直に喜び、ワクワクした。そんなことが嬉しいのだから、人間の慣れというのは恐ろしい。その頃は、逮捕されることに何の抵抗も感じなくなっていたし、むしろヒマな留置所生活に、話し相手がいて楽しいとさえ思っていた。

　取調室に入ると、担当の鈴木刑事の姿はなく、いつも淡々と俺の調書をパソコンで作成している森村刑事だけだった。鈴木刑事は大阪府警、森村刑事は奈良県警の所属である。

「あれ？　鈴木のおっさんは？」

「ああ、あのおっさん、他に事件が入ったから、そっちに移動しょったわ」

「ふーん、忙しんやな！　で、逮捕状は？」

「いや、もう逮捕あれへん、実は昨日で捜査本部が解散してな。夜は打ち上げで宴会だったんや。お前のおかげで、俺も普段お目にかかられへんような、警察の偉いさんと飲むことでけたわ！　おかげで二日酔いや……」

　俺は苦笑した。

「ふーん、そら良かったなぁ」

森村刑事はこう続けた。
「これで捜査も終結やさかい、再逮捕もあれへん。こんで、終わりや。だから、今日は鈴木のおっさんの代わりに、別れの挨拶に来たんや。お前も部屋で暇やろ？ ゆっくり、話でもしようや！」
　そして、俺と森村刑事との雑談の時間が設けられたのである。
　森村刑事は俺に話したいことがたくさんあるようだったが、何から話せばいいのか戸惑っている様子だった。
　だから、俺から話しかけてやった。
「合同捜査本部、何人いてたん？」
「そやな、全部で50人近くいたで！」
「へえ、税金の無駄使いやで（笑）。そんな人数、要るか？」
「こんな経済事件はな、金の流れを掴んで洗い出すんに、えらい手間がかかるんや！ 皆んな、お前が金をぎょうさん隠してるんやないかと思ってたからな。こっちも捜査するの、大変やったんやぞ！ あいつ、どこに隠してるんやと！」
「で、金見つかったか？」
「いや、なんにも見つからへん。お前オケラなってたんやな！」
　そうして、声の調子をちょっと落として、森村刑事は言った。
「……今村秀子いうて、嫁はんのお母さんか？」
「そやで！ なんで？」
「お前、そのお母さんに、毎月お金振り込んでたんやな。長いこと、今村秀子って愛人かな思って、捜査してたらお母さんやった（笑）」
「ああ、お母はんも苦労しとるしな。ちょっとでも足しになればとな」

「お前、ITの会社が倒産してからも、振り込みをやめへんかってんな。なかなかでけへんぞ。ワシなんか嫁はんどころか、自分の親にも何にもしてへん。住川は偉いやつやな、あの悪党のMとは全然違うな！ 嫁はんのお母はんも、あの人は立派やと言うてはった……」

　俺に向き直りながら、森村刑事はこう問いかけてきた。
「住川、罪を償ったら、今度は何するんや？」
「いや、全然考えてない」
「まあ、お前さんなら、何でも成功しよるわ。俺もお前さんのこと、正直、見習わなあかんとこ、ぎょうさんあるなと思てるんやで」
「ほんま、おおきに！」
「石垣にも行ってきたで！ 嫁さんに会いに」
「嫁はんは、事件と関係あらへんぞ！」
「わかっとる、わかっとる。それを証明するために、ワシらもワザワザ行ってきたんや。嫁はんは、関係ないということを！」

　俺の目に、あの石垣島の光景が浮かんできた。
「しかし、ええとこやな、石垣島は。のんびりしとるわ。嫁さんも、子供もみんな元気そうにしてたから、罪を償ったら、一日も早く帰ったりや！ 俺の携帯の番号、嫁さんに伝えとくから、社会に復帰したら電話してきてや」
「ほんまか」
「ああ。ワシ、住川と飲みたいわ。あっ、でもお前、酒飲めへんかったな。まあええ、ワシのおごりでメシでも食いにいこ！」

森村刑事との雑談は、その後もしばらく続いた。話題は大阪府警への不満や家庭がらみのグチ、悩みごとへと変わっていった。
　俺は森村の話を、ふんふんと頷きながら聞いていた。
　時計は、もうそろそろ正午を回る頃になった。
「ほな、ワシもそろそろ奈良に戻るわ！　住川、身体だけは壊すなよ。短気も起こすなよ。家族の待っているとこに、一日も早く帰ったれよ！　ほな、元気でな！」
　森村は最後にそう言って、取調室を出て行った。
　最初に会った時から、俺は、森村のことを「ええ男や」と感じていた。俺よりちょっと年下で、決して出世するタイプやないけど、人間らしい真心がある。
　あいつは、ホンマええ奴やった。
　そんなことを思いながら、俺は留置所に戻った。

　こうして、３カ月間を過ごした府警本部とも、別れの日がやってきた。
　俺の身分は、被疑者から被告人に変わった。
　そうして身柄は、大阪拘置所に移管されることになったのである。

CHAPTER 27
狭い犬小屋の片隅で

　大阪拘置所、通称ダイコー。

　和歌山毒物カレー事件の林真須美や、附属池田小事件の被疑者・宅間守もここに収監されていると聞いた。

　俺が生まれたのと同じ、1963年に完成した建物は、今では老朽化が激しく、時代の腐臭を漂わせていた。まるで心霊スポット、恐怖の廃校の雰囲気でもあった。

　刑務官のガナリ声が、あちらこちらでけたたましく響いていた。

　入所した俺を待ち受けていたのは、「人格崩壊」と呼ばれる儀式だった。

　数名の刑務官の見ている前で丸裸にされ、台の上に乗せられる。
「前にかがめ！　ケツを突き出せ！」

　鼓膜が破れそうな大声で、刑務官は命令する。
「ケツをもっと突き出せ！　両手でケツの穴を開けろ！　もっと開けろ！」

　何かを隠して拘置所の中に持ち込ませないように、文字通りケツの穴の中まで調べられるのだ。

　ほとんどの人間が、この時点で自尊心や人としての尊厳、プライドをズタズタに引き裂かれてしまう。そう、ここでは人間として扱われるのではなく、畜生としての扱いを受けるのである。

だが、俺はそもそも、プライドも無ければ、自尊心など最初から持ち合わせていない。もともと貧乏人で乞食みたいなもんやったし、大人になって成り上がっただけの、ただのダボハゼや。だから、他人にケツの穴を見られても、別に何とも思わへん。

　俺は思いきりケツの穴を開けて、心の中で叫んだ。

　（たのむ、たのむから、このタイミングでオナラ出てくれ！

　屁を浴びせてやる、このアホどもに‼）

　しかし、屁は出ないまま、検査は終了した。

　持ち物検査が終わると、部屋に案内された。３舎５階の独居房で、わずか二畳のスペースに、洗面台とトイレがあるだけの、犬小屋みたいなところだった。

　部屋の布団は「一体これで何人目や？」というくらい傷んでいた。

　しかも、強烈に臭い！

　そして、部屋はあまりにも狭い。閉所恐怖症でもない俺が、パニック症候群になりそうなくらいだ。呼吸が荒くなり、心臓がドクンドクンと激しく音を立てた。

　しかも、拘置所では作業をするわけでもなく、取り調べがあるわけでもない。裁判が結審するまで、ただ、ひたすらここで座っているだけだ。

　だから、拘置期間のことを、俗語で「拘置所に座る」という。

　俺は結審までの１年近く、ここダイコーに座ることになる。

　「住めば都」とは到底言えないものの、俺は、３日もしたら、この生活環境に順応してきた。

金さえ出せば、食料品も日用品も結構買える。

俺は、あの臭い布団に辟易していたので、さっそく布団セットを購入した。綿布団の上下に枕ひとつで3万円もした。ひどいボッタクリ商売や。

食事もブタの餌みたいな飯しか出てこないから、俺は、昼と夜に弁当を注文した。他にも、毎週一回15点までは買い物ができる。色鉛筆やノート、写真立て……どれも値段は相場の3倍から5倍はしたけれど、とにかく買えるものは全て買って、部屋に並べていった。おかげで殺風景な犬小屋も、少しは人間の住む小屋に近づいてきた。

そして、ここには、独自の音楽があった。夜中の絶叫に看守の足音、バタンと音をたてて閉まる鉄の扉の音……。

これら全てが"音楽の舞台装置"となる。

俺は、夜になると必ず夢を見た。

ネズミになって、天井裏の穴から脱走する夢。

スズメになって、この窓から飛び立つ夢。

虫になって鉄の扉をかいくぐり、逃げ出す夢。

いつも違う夢であった。

しかし、同時に、"同じ夢"でもあった。

狭い部屋の布団で眠りに落ちる前には、さまざまな想いが去来してきた。

怒り、憎しみ、憤り……悔しさ……後悔……怯え……

けれども、最後に辿り着くのは、いつも決まって**"寂しさ"**だった。

家族に会いたい、家族に会いたい。

とにかく、家族に会いたい！

ダイコーの犬小屋で、その思いは日増しに大きく膨らんでいった。

CHAPTER 28
俺の裁判記

　ここ、大阪拘置所には刑事裁判を受ける被告人が2500人も収監されていて、その中には死刑囚も多く含まれていた。被告が裁判を受けるときは、護送車に乗せられて裁判所まで移動するのだが、一回の護送で、だいたい20人くらいがバスに詰め込まれる。

　道中の逃亡を防ぐために全員が手錠をかけられ、先頭から最後尾までロープで繋がれる。そして歩く際も、全員が一列になってゆっくりと歩くのだ。

　とりわけ、バスを乗り降りするときは慎重にしなければならない。ステップを降りる時に1人がこけでもすれば、その前後の複数の人間が転げ落ちるからだ。その様子は、さながらカルガモ親子の行進のようで、なかなか日常では見られない光景である。

　裁判所の中にも、被告人専用の待合室がある。待合室と言えば聞こえがいいが、ようは牢屋である。俺のように接見禁止の人間は個室の牢屋で、自分の裁判が開廷されるのを待つ。

　そんなルーティンを毎日、何度も繰り返すわけだから、裁判官もたまったものではない、毎日、膨大な数の被告人を裁いていかなければいけないから、いちいち被告人に寄り添ってその主張に耳を傾けることなど、当然不可能である。そうなれば、必然的に検察の主張を了とし、求刑に対して多少のさじ加減を施すことしかできない

のが現実である。

 日本の裁判では、起訴されると、ほぼ100％近くが有罪になると、俺の弁護士が話していたが、その要因はここにあるのだと思う。

 俺の公判は月に1回くらいのペースで開かれた。

 裁判の時ならではの楽しみもあった。

 それは、傍聴席に来ている知り合いの顔が見られることだ。

 被告人席にいる俺とは、会話こそできないが、懐かしい人たちの顔を見るとそれだけで勇気も出るし、力も湧いてきた。

 そしてもう1つの楽しみは、拘置所から裁判所までの道のりだ。信号待ちでストップしたバスの窓から、外の風景が見える。カラフルな建物や、飲食店が立ち並ぶ通り。

 俺はいつも、窓の外を、食い入るように眺めていた。

 総菜屋の前で、ベビーカーを押した若いお母さんが赤飯を買おうとしている。店の人と話す様子は笑顔満面、なんかお祝い事でもあったんかな。

 ボサボサ頭のオッさんが、チャリンコを漕いでいる。首を左右に振りながら、ご機嫌で鼻歌でも歌ってるんやろな。

 お尻のラインがくっきりと見えるタイトなスカートのOLさん、買い物でも頼まれたのか、財布を片手にキョロキョロしながら歩いてる。その胸元に思わず鼻血が出そうになった。

 バスの車内とは、ガラス1枚だけで隔てられた世界。

 だが、そこと、俺の居る場所とでは、天と地ほどの開きがあった。

■ ■ ■

　初公判から半年が過ぎ、俺の裁判も佳境を迎えてきた。

　相変わらず保釈は却下され、憂鬱な日々を過ごしていたが、この日の公判では情状証人として、父と、子供の頃からずっとお世話になってきたN先輩が証言台に立ってくださった。

　父は、「息子はやんちゃでも、いつも母のことを優しく気遣う心の優しい子供であった」と検察に訴えてくれた。N先輩は、俺のことを「仕事も真面目で正義感に溢れる男で、今回のことは何かの過ちであり、本人も猛省してるので、情状酌量を」と、裁判長に訴えかけてくださった。

　さらに弁護人は、俺の人物像を「品行方正、犯罪とは本来なら無縁の人間であり、ましてや、再犯の可能性などゼロに等しい」と訴え続けた。

　一方の検察側は、俺を頂点とする悪徳犯罪組織が社会に与えた影響は甚大で、それを模倣する犯罪も増加の一途をたどっている。まさに、彼こそが諸悪の根源であるとまで言ってのけた。その上で、相当な期間、刑務所で更正させる必要がある、と裁判長に訴えたのだ。

　裁判というのはこのように、全く別の人格の俺が登場する。検察が言うほど俺は極悪非道の悪人ではないが、弁護人が言うほど品行方正の善人でもない。その狭間に、「リアルな俺」が存在するのだ。

　ふたつの人格がぶつかり合い、裁判は進んでいく。

そんな裁判も、いよいよ終結の日が近づいてきた。

検察の求刑は４年。

俺は、なかば諦めの気持ちで結審に臨んでいた。

余談だが、執行猶予がつくときの判決文はこうだ。

「主文　被告人を懲役〇〇年の刑に処する。

ただし刑の執行を〇〇年猶予とする」

そのあとに判決理由が読み上げられる。

つまりは、主文のあとに**「ただし」**のフレーズがあれば執行猶予。刑の実行が延期され、その期間、事件を起こさなければ、完全なる自由の身となる。

なければ、実刑。刑務所行き。

だから、裁判官が判決文を読み上げるときは、この３文字に、全ての神経を集中させて聞き入るのだ。

そうして、いよいよ、審判の時がやってきた。

CHAPTER 29
裁きの朝

　俺はこう見えて、ここ一番の勝負には弱い。

　イチかバチかの賭けに出て、勝ったことは一度もない。

　だいたい勝つ時は、確実にコツコツ積み重ねていった時だけだ。

　意外に思うかもしれないが、それが俺である。

　判決の日。

　裁判長が入廷し、全員起立して一礼する。

　俺は、被告人席で直立不動だった。裁判長の主文の読み上げに、全神経を研ぎ澄ましていった。

　裁判長がゆっくりとした口調で判決文を読み上げる。

　主文

　被告人を**懲役2年6月**に処する。

　一瞬、間が空いた。

　俺は心の中で叫んだ。

「ただし、ただし、や！ ただし、ただし、来い！」

　だが、その叫びも虚しかった。

　俺が心から求めた3文字を、裁判長が口にすることはなかったのだ。

　判決理由が淡々と読み上げられていったが、もはやその声もただ

の音にしか聞こえなかった。

　宝クジを買って、絶対３億円が当たると楽しみにしていて、当せん発表を見た時に、まったくカスリもせず、ただ虚しさだけが去来する……あの感覚の100倍虚しい感じだ。

　例えがわかりにくいか？

　ではこれは？

　財布を置き忘れたことに途中で気がつき、慌てて走って戻る途中、「頼むからあってくれ」と念じながら必死で走って、置き忘れた場所に戻ったものの、すでに財布は消えていたという、あの喪失感……。

　まあ、いまいち表現するのは難しいが、とにかく、とんでもなく虚しい気持ちだ。そして、そのあとジワジワと恐怖や怒りが込み上げてきて、最後はそこら辺のやつをボコボコにどつきたくなる。そんな気持ちだった……。

　俺は控訴する気も失せたので、すぐに控訴を放棄した。

　この瞬間、俺の刑は確定した。

　懲役２年６カ月！

　この先のことを考えると、ゾッとした。

　１年近く「座った」大阪拘置所とも、もうすぐお別れだ。

　ええ思い出なんかひとつもないけど、何故だか寂しくなってきた。

　一番辛かったのはすぐに思い出せる。夏の灼熱地獄だ。

　ダイコーの夜は、いつも熱帯夜だった。あまりの暑さに、毎晩布団に洗面器の水をかけ、びしょ濡れにしてから寝ていたな。

あまりの暑さで熱中症に何度もなりかけたし、さらに、毎晩、枕元に出現するデカイゴキブリ。最後の方はすっかり五感も研ぎ澄まされ、ゴキブリの足音で目が醒めるようになったな。100匹以上、地獄に送ってやった。

　多分、人生で一番暑かった記憶はと、死ぬ前に自問自答したとしたら、大阪拘置所の夏やったと即答するやろうな。

　しかし、この独居をいま振り返って思う。

　俺は１人きりだったけど、決して独りじゃなかった。

　こんな俺のために、大先輩であるＮ地会長とＨ田社長は、弁護士すら雇えない貧困な俺に対して弁護士費用を出してくれ、少しでも刑を軽くしてもらうために、被害者に弁済までしてくださったのだ。

そればかりか、多忙の身にもかかわらず、毎回、公判にも足を運んで、Ｎ会長は情状証人まで引き受けてくださった。

　差し入れや残された家族のことまで、全てにおいて、お二人の力添えは、大きく力強く、そして温かかった。

　感謝の念でいっぱいだ。このお二人の大先輩の力添えが無ければ、俺はこの局面を乗り越えられなかった、それは間違いない。

　たくさんの勇気と希望も頂いた。

Ｎ地会長、Ｈ田社長、本当にありがとうございます……。

　俺は、拘置所の小さな窓の外に向かって、何度も何度も頭を下げ、お礼を唱えた。

CHAPTER 30
塀の中のジャングル

　誰でもそうかもしれんが、俺だって、まさか自分が刑務所に入るとは想像もしていなかった。どちらかというと違う世界の出来事、いやそれ以上に、自分には全く関係のない、遠い異次元の星のことのように思っていた。

　しかし、俺を乗せた護送車は、京都刑務所を目指して走り出していた。

　これは現実なのだろうか……。

　これから、自分が囚人として拘禁生活を強いられる。そのことを想像すると、身体が大きくブルッと震えた。

　護送車は、やがて京都刑務所に到着した。

　俺は考査工場というところに収監された。

　ここで3週間、行進や挨拶、整列といった刑務所のルールを叩き込まれるのだ。

　よく居酒屋のチェーン店や営業会社の新人研修で行われるような、声出しや、自己啓発といった類の研修のようなものだ。

　刑務官と囚人との間は絶対服従関係があるんだということを、たったの3週間で叩き込まれる。要は、お前らは犬なんだぞ、ご主人様の命令に従え、と服従させることが目的だ。

　俺は犬になった。忠犬ハチ公も真っ青なくらいの犬になった。

やがて3週間が過ぎて、俺の務める工場が決まった。忠犬になったご褒美なのか、俺は、刑務所で一番のエリート工場に配属されることとなった。

そこは水炊工場と呼ばれていた。早い話が、朝の3時に叩き起こされて、囚人たちのエサをひたすら作る給食工場だ。

刑務所生活でよく聞かされるつらいことと言えば、風呂と洗濯が週に2回しかないという規則、そして、年がら年中、空腹であることだ。しかし、俺が配属された水炊工場は食べ物を扱う工場なので、毎日風呂にも入れて、しかも洗濯も毎日できる。他の奴らと違って、同じ靴下を何日も履き続けなくて良いのだ。

そして、何よりもありがたかったのは、看守の目をコッソリ盗んで、目の前にある食べ物を好きなだけ食べ放題だったこと。だから、空腹どころか太りだす輩までいた。

ラッキーだと思った。3週間で、誰よりも真面目に犬になった甲斐もあった。

この懲役も楽勝だなと喜んだのも束の間。なんと2日目に些細なことで仲間と喧嘩になってしまったのだ。

俺はあえなく懲罰房に30日も閉じ込められてしまった。

何をしてるねん、俺！

懲罰房から出たあとは、今度は洗濯工場に配属された。ここは風呂やメシで特別な恩恵にこそ預かれないが、洗濯工場なので、ついでに自分の下着も毎日洗えた。夏場、安全靴で強烈に臭くなった靴下を翌日に再度履くのはさすがに辛いものがある。清潔とはほど遠

い刑務所生活、下着や靴下を毎日取り替えられるだけでも快適な生活を送れるのだ。

しかし、俺は学習能力がないのか、うん、きっと無いのだろう。仲間とまた口論になり、あえなく２度目の懲罰房送りとなった。

今度は50日の懲罰。解放された俺の行き着いた工場は、京都刑務所で泣く子も黙る「地獄の７工場」であった。

車のジャッキを流れ作業で組み立てる工場だが、総勢100名余りの工場には、ナイジェリア人や中国人、ブラジル人をはじめ、全身に刺青が入った猛者たちが集団をなしていた。

夏は暑くて汗まみれ、さらに労働で油まみれになり、風呂にも入れないので、受刑者たちはささいなことでイライラして抗争が勃発する。腕っぷしだけが自慢の者たちが大勢いて、そこら辺に凶器となる金属も山ほどあり、流血の惨劇が繰り広げられる。

俺はここから生きて帰れるのか……冗談抜きで、それほど恐ろしい阿鼻叫喚の工場であった。

看守だって、全員が100キロはゆうに越えているような、柔道の師範代ばかり。その姿は人と言うよりも、戦艦に近かった。

堅気のホワイトカラーの俺は、まるで、肉食動物の中に迷いこんでしまった草食動物のよう。

俺はいつも、危険なジャングルを、草むらに隠れるように過ごしていた。

CHAPTER 31

娘たちからの報せ

　世の中に犯罪が増えているからなのか、京都刑務所は完全に過剰収容だった。

　俺の部屋も5人定員のところに、8人が無理やり詰め込まれていた。足の踏み場もない、それどころか、息をするのさえ苦しいほどだ。

　刑務所では、月に2回、雑誌が購入できる。部屋には8人がいるから、月に合計16冊の雑誌を回し読みできるのだ。やはり人気があるのは、極道モノとエロ本だ。週刊実話、週刊大衆、アサヒ芸能、Flash……。

　だが俺は、毎月、日経ベンチャーと週刊ダイヤモンドを注文していた。ヤクザとエロを期待している他の奴らからは一斉にブーイングを浴びる。

「こんなもん読んで何がおもろいんや？」

　仕方なく、ある時期を境に、俺もエロ本の購入を担当することにした。毎度毎度、エロ雑誌を注文するようになり、俺は部屋の奴らに重宝されるようになる（もちろん、俺も重宝したが……）。

　刑務所で無難に生きていくためには、絶対的な不文律がある。

　長い物には巻かれろ。

　見ザル、言わザル、聞かザル。

　余計なことを聞かない、話さない。

これさえ守れば、抗争にも巻き込まれにくくなる。ジャングルの中で、草食動物が生き残るにはこれしか方法はないのだ。
　俺は、極力、当たり障りのない存在として過ごした。たとえて言うなら、道端の石ころだ。
　それでも、工場で嫌がらせしてくるものはいる。あからさまにではないが、歩いてたら足を引っかけてきたり、後ろから蹴飛ばされたりもした。相手にたいした悪意は無いのだろうが、俺もそれなりに腹も立つし、傷つきもした。
　それでも、だ。
　俺には、帰る場所がある。そのことが、刑務所で過ごす俺にとって、全ての支えだった。生き抜いていく原動力だった。
　俺は、まさかこの先、自分が帰る場所がなくなるなんて、これっぽっちも思っていなかった。いつも頭に浮かぶのは、たったひとつのことだけだった。
　ここを出たら、石垣島で家族と暮らそう。美しい海に囲まれた、あの静かな島で、今度こそ家族みんなで笑って暮らそう。
　そんな未来を思い描くだけで、どんな辛いことにも耐えられる俺がいたのだ。
　こんな場所で過ごしている時ですら、月日が過ぎ去るのは本当に早い。光陰矢の如しというが、京都刑務所での生活も、1年が過ぎようとしていた。
　そんなある日の出来事だ。珍しく、俺の元に手紙が届いた。
　娘からの手紙だった。

お父さんへ

　お父さん元気にしてますか？

　身体壊してませんか？

　今日はお父さんにビッグニュースがあります。

　まりんは、高校を辞めます。

　理由は……まりんのお腹には赤ちゃんが宿っています。

　結婚して、その子を産んで育てていこうと思っています。

　親の勝手なエゴで中絶するのだけは絶対に嫌だし、

　お母さんに相談したら、産みなさいって言ってくれてるし、

　学校もやめて、母になります。

大丈夫か？って心配すると思うけど、全然大丈夫やで

まりんはお父さんの子供やから　何があっても大丈夫！

お父さんの遺伝子受け継いでるんやから！

とりあえずすぐに結婚式挙げなあかんので、

ウェディングドレス見せられへんけど　ゴメンやで。

そのかわり、写真ようけ送るからね！

赤ちゃん産まれても写真送るから、

そこ出たら、いっぱい抱っこしたってな。

今からもうワクワクしてるねん、母になることを。

ほな、また手紙書くね　お父さん

はよ帰って来てね　元気でね

　　　　　　　　　　　　　　　　　　まりん

手紙を読んでしばらくの間、俺は呆然として、思考回路が完璧に停止していた。

結婚？出産？？？

たしか、あいつまだ高校生やったよな？

多分、というか、絶対、世間の親なら、

「お前、高校生やぞ！ 自分のやらかしたことがどういうことか分かってるんか？」と発狂して激高しただろう。

しかし、俺の口から出た独り言は

「あいつ、なかなか、やりよるな」

だった。

俺は、娘の選択は間違ってないと思う。まだ高校生やと言うても、その母親も17歳で俺と結婚したわけやし、俺もその時まだ18歳やったしな（笑）

そして、簡単に中絶を選択するのではなく、小さな命を大事に育てようとする娘の気持ちを立派やと思う。

そんな娘の決断に、俺は敬意を払ってやりたい。

もちろん、結婚式に出席することができず、父親としては最低だと自責の念には駆られるが、そんなことはどうでもいい。

娘が幸せなら、それで十分ではないか……。

カエルの子はやっぱりカエルやな（笑）

さらに後日、次女からも手紙が来た。長女に続いて、次女も結婚することになったという。

俺は娘2人の結婚式に出席できなかったことになる。

　現在、長女は4人の子供に、次女は2人の子供に恵まれ、俺は6人の孫のおじいちゃんになった。
　孫たちは母親からたくさんの愛情を注いでもらってスクスク育ち、みんな素直で明るく、良い孫たちだ。
　あのときの娘の判断が正しかったことの証でもある。

CHAPTER 32
ジャンボどら焼きは涙の味

　今日は11月23日。勤労感謝の日だ。

　そして、俺の誕生日でもある。

　刑務所生活において、祝祭日はとりわけ特別な一日になる。なぜなら、「祝日食」といって、甘いお菓子が一品もらえるからだ。

　刑務所生活では甘いものはほとんど食べられない。だから祝日食は、娑婆で100万円もらうよりもずっとずっと価値があった。

　その日は、ジャンボどら焼きが配られる予定だった。ええ大人が揃って、ジャンボどら焼きが配られるのを今か今かと待ち詫びる。

　廊下から、看守の足音が聞こえてきた。

「やった！」

「どら焼き来たあ！」

　俺たちは歓声をあげた。

　しかし部屋の前で立ち止まった看守の手を見てみると、そこにあったのはどら焼きではなく、1通の封書だった。

「1656番、手紙や！」

　俺の受刑者番号だ。手紙を受け取る。誰からやろ？

　差出人は、嫁だった。

　誕生日祝いか！ 慌てて封を切った。嫁から手紙が届くのは、実に1年ぶりだ。俺は、興奮を抑えながら読み始めた。

元妻からの手紙

お元気にしてますか？

結論から言います。そこを出ても復縁は考えていません。

きっと、なんでやねん？ と怒り出すのではと、ビクビクしながら書いていますが、これは私の意志で決めた事ですので、どうか理解して下さい。

もちろん、今まで私や家族、そして私の両親にしてくれた数々の事は、心から感謝してますし、その恩は一生かけても返せない程、大きなものをしてくれたと思っています。

でも、私は見ず知らずのこの島に来て、毎日が不安の連続でしたが、色んな事を乗り越えて、今の私がここにあります。

お金は大切なものだと分かっていますが、お金よりも大切なものが、この島には沢山あります。そして、その事に気付いた時、今後の人生は、この島で、私が子供たちを育てていきたいと決めたのです。

自分勝手な事を書いているのは、百も承知ですし、また、そこを出て怒られるのも覚悟の上です。

子供たちは2人とも元気です。最近は益々お父さんに似てきたような気がします。笑い顔などそっくりです。

そこでの生活は私の想像を絶する、過酷な暮らしだと思います。そんな時にこんな手紙よこしやがってと怒ると思いますが、私が考えて考え抜いた結論です。

あなたなら、また私などいなくても、地獄の底からでも這い上がれると信じてますし、いつの日か子供たちに、お父さんの立派な姿を見せてあげて下さい。心からそう願います。

頭悪くて文章下手でスミマセンが私の素直な気持ちです。

お元気で、さようなら。

手紙を読み終えたあと、俺は呆然として天井を見上げた。

　何かあったことを、いち早く部屋の仲間は察知した。

　狭い部屋の中で、24時間365日、いつも一緒に顔を突き合わせて生活しているから、言葉がなくても全てを読み取られてしまう。嫁からの手紙の内容が幸せなものでないことくらい、すぐに解ったのだろう。

　仲間は、俺の顔を見て静かに顔を左右に振った。

　泣いたらあかん、泣いたらあかんね！

　そう言ってるようにも思えた。

　その時だった。

　待ち焦がれていた、ジャンボどら焼きを配りに看守がやってきたのである。

「どら焼き、来たぞぉ！」

　再び歓声が上がった。

　そのどら焼きを、皆は、ひと切れちぎっては「住ちゃん、誕生日おめでとう！」「おめでとう！」と俺にお裾分けしてくれたのである。

　このサプライズにはビックリした。気持ちだけで充分だと遠慮したが、「誕生日やし、いきなはれ！　いきなはれ！」と、手の平を上にぴょこぴょこして、食え、食えとジェスチャーしてくれる。

　みんな、甘いものを食べたいのを我慢して、俺の誕生日を祝ってくれたのだ。久々に腹一杯食べたどら焼きの味は、甘くて、そして、しょっぱかった。

　俺には、帰る場所がなくなった。心のつっかえ棒も外れてしまった。しかし、俺は元嫁のことは怨んでいない。むしろ元嫁の決断は

正しい選択だと思った。なぜなら結婚しても、外で遊び惚けで、家庭のことをないがしろにしてきた俺にとっては当然の報いだし、勇気を出してこの手紙を書いた元嫁のことを誇りにさえ思う。

　自業自得、まさに贖罪だと思う。

　例えが悪いと思うけど、子供の頃、庭先にスズメが入ってきて、捕まえて籠の中に閉じ込めたものの、ついつい不憫に思い籠から逃がしてあげたら、スズメは喜んで飛び立っていった。

　あの時の清々しい気持ちを思い出した。

　俺は涙を流しながら、心の中で何度も何度も「ありがとう」と呟いた。妻として、母として、そして女性として、今でも俺は彼女へ敬意を払っている。

　理由なく始まりは訪れ、

　終わりはいつだって理由をもつ…

CHAPTER 33
小さな四角い空

　数ヶ月ののち、俺は雑居房から独居房に移れることになった。

　刑務所生活でもっとも苦労するのは、やはり人間関係だ。

　狭い部屋に8人も詰め込まれて共同生活を余儀なくされていると、些細なことでもイライラしてストレスになる。

　独居房に移ったことでわずらわしい人間関係からも解放され、俺の残り1年の懲役生活はかなり救われたと言っていい。

　休みの日になると、朝から一日中ボーッと天井を見ながら、時々、娘からの手紙を手に取り、それを読み返すのが至福のひとときでもあった。

お父さん

　お父さんがそこを出たとき

　お父さんの見上げる空の色と

　リサの見上げる空の色とが

　同じ色でありますように……

　お父さんの歩む道には

　いつも温かい心の人がいますように……

　お父さんの未来が

　穏やかで笑い声が絶えない

　そんな未来でありますように……

　リサは　お父さんの子供に生まれてきて

　本当に幸せです

　大好きなお父さん

　いつまでも元気でね

　　　　　　　　　　　　　　　りさ

独居房には鉄格子のついた小さな窓がある。窓越しに見えるのは、四角く切り取られた、小さな空だ。

　それを見ながら、俺はよくこんなことを考えていた。

　この空は、娘や息子の暮らすところはもちろんのこと、ずっとずっと遠くまで、世界中にまで広がっているんやな。

　もしかしたら、この空の下には、まだ見ぬ未来の運命の女性がいるのかもしれないな。

　俺はここを出たら、どこに暮らして、どんなことをしながら、誰とどんな思いで暮らすんだろう。

　想像の翼を広げて、夢を膨らませながら、この小さな空を見るのが、俺は大好きだったのだ。

CHAPTER 34
塀の中の懲りない人々

　刑務所というところは更生施設だ。罪を犯した人間を更生させ、まともな人間にして社会に復帰させる……ということになっているが、現実はそうではない。

　アウトローや半グレ集団にとっては、刑務所というものは今後の犯罪をバージョンアップさせる、いわば交流の場。出会いのサロンのような場所だ。

　それぞれが自分の犯した犯罪を自慢し、その手口やノウハウを伝授し合う。それだけではなく、娑婆に出たら一緒に組んでひと山当てよう……そんな会話もあちらこちらで交わされる。

　俺も例外ではなく、いろんな人からスカウトされた。窃盗、詐欺、覚せい剤の売人はもちろん、暴力団に入れとの勧誘は日常茶飯事。俺はそんな世界にはまったく興味がないし、まして、なにか犯罪を犯して刑務所に逆戻り、なんて気はサラサラない。

　しかしだ。

　よく考えてみると、刑務所でひと月働いても手にする給与は月にせいぜい1000円程度。3年間働いても出所時には3万円ほどにしかならない。しかも刑務所内で歯ブラシや雑誌や下着なんかを購入していたら、所持金はほとんどゼロの状態で出所することになる。実際にそういう者は少なくない。

そんな状態ではアパートも借りられないし、住み込みで働くといっても前科者が働ける場所などごく限られてくる。そうしたら、ふと魔が差して、出所したその足でどこかの家に空き巣にでも入ってやろう……そんなふうに考えても不思議ではない。
　こうして、刑務所にいる者たちは出所してもすぐに再犯し、やがてまたここに戻ってきてしまうのだ。
　帰る家があり、待っていてくれる家族があって、家業でもある環境なら、比較的更生しやすいかもしれない。だが、帰る家も仕事もない者は、正直、まっさらに更生するのは不可能に近い。
　俺は、その不可能に近い境遇に立たされていたが、不思議なことに不安感も絶望感もなかった。むしろ、そこからスタートして人生逆転することを考えるだけで、言葉にできないほどワクワクした。
　多分、この境遇で逆転ホームランを放てる人間はごくわずか。絶滅危惧種の希少種並みだと考えると、何も怖くなかった。
　俺は自分で強い人間だとは思っていない。
　百獣の王ライオンにはなれないと自覚している。
　しかし、俺はどんな環境でもしぶとく生き抜いていくダボハゼになってやろう！
　そや、俺はダボハゼや！　ダボハゼなんや！
　独り言をつぶやいていたら、身体の底から不思議な力がこみ上げてきた。

CHAPTER 35
出所と娑婆の夜

2005年10月吉日。

満期より3ヶ月ほど早く、俺は仮釈放をもらえることになった。

出所の朝のことは、よう覚えている。

受付に行き、預けていた本や手紙、身の回りの物を受け取って、カバンに詰め込んだ。左腕にパティックの腕時計をギュッとはめる。そうして、恐る恐る腕を左右に振ってみた。すると時計の秒針はこの瞬間を待ちわびていたかのように、ゆっくりと時を刻み始めた。それは、俺の新しい人生の始まりを象徴するかのようだった。

刑務所の門をくぐり抜ければ、そこは娑婆の世界だ。塀の中にいるときは、ここを出る瞬間はどんな気持ちになるのか、想像もつかないほどワクワクしていたが、いざ娑婆の地を踏むと、不思議なくらい何の感情も湧き起こってこなかった。

高倉健が主演した映画「幸せの黄色いハンカチ」が頭をよぎる。刑期を終えて、別れた妻のもとへ向かう男を描いたロードムービーだ。初めて観たときに、たしかに感動はしたものの、かといってそこまで感情移入することはなかった。

俺には、あの時の高倉健の気持ちが理解できていなかったのだ。

だが今は、あの映画の深さが身にしみて分かる。

もし、このまま飛行機に乗って、家族の待つ石垣島にでも行けた

なら。そして、ベランダに黄色いハンカチがあれば、きっと俺は天にも上る気持ちになるはずだ……。

　女々しいぞ！　前へ進め！

　もう一人の俺が、そんな感傷を振り切るように、強く背中を押した。俺は、丸坊主を隠すように深々と帽子をかぶり、迎えに来てくれた元部下の小泉の車に乗り込んだ。

　窓の外には、久しく眺めることのかなわなかった景色が流れてゆく。車は一途、神戸へと向かっていた。小泉が俺のために、ボロボロではあるがワンルームマンションを用意してくれていたのだ。
「こんな汚いマンションしか用意できなくて本当に申し訳ないです」
　建物の前で、小泉はひたすら恐縮していたが、刑務所から戻ったばかりの俺にしてみれば高級マンション同様だ。

　早速部屋に入ってみると、そこには真新しい布団が用意され、以前の入居者が置いていったというファミリーサイズの冷蔵庫が置いてあった。デカイ冷蔵庫やな……。

　夜になると、出所祝いと称して、仲間たちが祝ってくれた。久しぶりに食べたいものがあれこれとあったが、実際に料理が運ばれてくると、吐きそうに気分が悪くなった。

　これがいわゆる「娑婆酔い」というやつだ。

　刑務所の中と娑婆とでは、人々のスピード感、時間の過ぎる感覚があまりにも違いすぎた。驚いたが、行き交う車や人の歩く速さだけで、俺は目が回りそうになった。そして、あたりに漂う香水やタバコの臭いにも、体が拒否反応を示すようになっていた。

もっとも驚いたのは、信号機や自動販売機の光のまぶしさだ。

　何年も夜の景色を見ていなかった俺の目は、ほんのわずかな光でもまぶしく感じてしまい、耐えられなくなって俺はその場に座り込んでしまったほどだ。

　せっかくの宴もそこそこに、俺は部屋に戻り、布団に入った。

　時計の針は22時を過ぎている。刑務所でなら、とっくに爆睡している頃だ。

　娑婆になじめない感覚に包まれて、なかなか眠りに落ちることができなかった。それでもようやくウトウトし始めた頃に、例の冷蔵庫がブーンと低音で唸った。

　その音がやたら気になり、結局、その日は朝まで眠れなかった。

CHAPTER 36
捨てる神あれば拾う神あり

　ほんの3年ほど娑婆を留守にしただけなのに、世間は大きく変化していた。携帯電話にはカメラ機能が当たり前に装備され、ネット銀行なるものが登場し、株の取引もネットが主流となっていた。

　そして神戸には念願の神戸空港が完成し、街や道路も大きく様変わりしていた。

　しかし、俺が一番驚いたのは、人の心の変わりようだった。

　逮捕前は俺にぺこぺこ愛想を振りまいてすり寄ってきていた奴が、乞食同然になった現在の俺を見て、

「おお！ 久しぶりやな！ 元気そうやな！」

　と、タメ口どころか上から目線で接してきたりしたのだ。

　そんな奴らの多さに、俺は、怒りよりも失笑が浮かんでくるのを禁じ得なかった。

　みんな、わかりやすいな。落ち目になったら、これかえ！

　しかし俺には、屈辱も劣等感もなかった。1年もすればこいつらと立場が逆転するという確信があったからだ。その自信がどこから湧き出てくるのかは、俺にも分からない。けれども、俺は必ずこいつらを見返してやる、そう思った。

　その強い信念が力の源となり、俺の心の中でメラメラと燃え上がっていたのだ。

それからしばらくは、お世話になった方、迷惑をかけた方に、お詫びとお礼の行脚に明け暮れる日々が続いた。娑婆のスピードにも徐々に順応しはじめてきた頃、俺は、こんな衝動にかられた。
　逮捕される前に住んでいた自宅を、一目見たい……。
　そうして俺は、恐る恐る、元の我が家を見に行った。
　昔懐かしい建物が、すぐ目の前にある。だが、家の前で俺の足は止まった。
　そこには、知らない名前の表札が掲げられていた。俺の自宅は、競売にかけられて、赤の他人の手に渡っていたのだ。
　しばらくすると、ここの主人であろう、メガネをかけた優男風の男が出てきて、怪訝そうな顔でこちらを見やってきた。俺は、誰かの家を探しているふりをして、静かにその場を立ち去った。
　家の前には、子供用の自転車とサッカーボールが置いてあった。ついこの前まであの家の主人だったのに、今は遠慮気味に遠くから眺めることしかできない。もどかしさ、そして、嫁を赤の他人に寝取られたような嫉妬と哀しさがこみ上げてきた。
　自分の家を失うことが、これほどつらいとは思いもしなかった。それと同時に、今の俺なら、自宅を競売にかけられる人の気持ちも理解してやれる、という思いがわいてきた。
　そういう人に、寄り添って力になってやりたい。
　俺は、自分自身の方向性が、かすかに見えてきた気がした。
　東京に住もう。そして、東京で競売にまつわる仕事を始めよう。そう心に決めた瞬間、あれほど哀しい気持ちでいたのが嘘のように、

メラメラとやる気がともっていった。

　ただ、そのためのハードルは低くはない。東京に行くには、ある程度まとまったお金がなければ生活することさえできない。しかし、今さら誰かに頭を下げたところで、金を貸してくれる人などいるはずもない。

　さて、困ったぞ……。

　そんな時、急に俺のお腹がグーッと音を立てた。そういえば朝から何も食ってなかったな……。

　俺は、神鉄の新開地駅まで戻り、駅のそばの「金プラ」という古い老舗の食堂に入った。ハヤシライス発祥の店だそうだが、何故かここではハヤシライスのことを「ハイライ」と呼ぶ。ハイカラライスの略なのだろうか？　まあ、そんなことはどうでもいい。俺は早速ハイライを注文した。

　その時、俺の真横から声をかける初老の人がいた。

「スミカワさん、スミカワさん」

　よく見ると、昔からの知人である、小山ビルの家主さん、小山さんだった。

「スミカワさんかやな？　やっぱりそうや！」

　小山さんは笑って言った。

「入ってきた時からそうかなと思ってたんやけど、えらい痩せてはるから。大変やったみたいやな、いつ、戻ってきたんや？」

　俺も笑顔になって答える。

「ついこの前ですねん。10キロ痩せましたわ！　また不動産やろと

思ってますねん、またよろしくお願いしますね」

　照れながら挨拶すると、早速、といった様子で小山さんは言った。

「おお、そうか。実はな、わしとこのビル売ろうと考えてるんや。なんでや言うたらな、そろそろ相続対策せなあかん歳やろ。ほやさかい、あのビル処分しよかなと思ってるんや！」

　俺は聞いた。

「なんぼで売りますの？」

「２億でええんよ」

「それ、ちと安すぎませんか？　小山さん？」

　と、値段を聞きなおすと、

「あれ、減価償却が済んでるから簿価が低いねん。あんまり高く売ってもガバッと税金取られるだけやろ、ほやさかい２億でええねん！」

「２億なら、客いてまっせ」

　と俺は答え、その場で後輩の不動産屋に連絡したところ、

「２億なら今すぐにでも買いまっせ」

　と、鼻息荒い返事が返ってきた。

　俺は電話を切り、早速、小山さんと商談を始めた。

　ハイライが出来上がってきた時には、すでに話はまとまっていた。商談成立！　来週には、契約が確定だ。

　小山さんは、俺に「手数料１％やるわ！」と気前よく言ってくれた。

　ハイライ食べにきただけやのに、世の中、捨てる神あれば拾う神ありやな。

　俺は店員を呼び、

「このハイライにトンカツ追加でのせといて」

　店員は奥の厨房に景気のええ声で

「ハイライ、かつハイに変更！」

「ハイよ！」

　と、奥からもこれまた景気のええ声が返ってくる。

　200万円あれば、東京に行ける資金が十分に出来る。

　俺は、小山さんに、もう一度深々と頭を下げた。

「かまへん、かまへん、誰が売っても手数料払わなあかんし」

　手を左右に振って、小山さんはどこまでも気っぷが良かった。

　俺は、かつハイを食い終えると、小山さんの伝票を取り、「メシくらい僕がおごります」と、いちびった。そして会計を済ませ、店を後にした。

　俺の胸は高ぶっていた。

　通りに出て、俺は、ありったけの大声で叫んだ。

「よっしゃー!!!!」

　あたりの通行人がビクッと立ち止まる。俺は悪運の強い男やで！

　こうして、嘘のようなラッキーな偶然で、俺は東京に移り住むことになった。

　人生、諦めたらあかん。

捨てる神あれば、拾う神は、必ずいてるんや！

CHAPTER 37
東京　〜ミリオンプロジェクト、始動する

　信じられないようなラッキーが重なり、俺は東京にやってきた。
　中央区日本橋中州。
　ここには、安産祈願で有名な水天宮というお宮さんがある。俺は、そのすぐ近くにマンションを借りることにした。ドラマや小説の世界であれば、こういう時は風呂無しのオンボロアパートで、カップ麺をすすって貧困に耐えながら生き抜いていくのがお決まりのパターンだ。
　だが、俺はあえてお洒落な高級マンションを借りることにした。刑務所から出てきたばかりの身で、金もぎょうさんあるわけじゃない。立場をわきまえずに贅沢だとお叱りを受けるかもしれない。
　だが、俺はそうじゃないと思う。
　どん底の時こそ、潮目が大事なのだ。
　歯を食いしばり貧困の中で生き抜くのも美徳かもしれないが、俺にとってはまさに人生をかけた背水の陣だ。最後の舞台だ！
　どうせ最後なら、面白おかしく、気楽に、適当に、そして余裕を持って！　そうすることで、運を呼び寄せるというのを俺は本能で知っていたのだ。お洒落な部屋で、女の子の友達でもつくって招待するくらいの遊び心が無いといけない。
　惨めな生活は負の連鎖を呼ぶ。

俺は固く決意していた。

思い切り東京生活をエンジョイしてやろうと！

そして俺は部屋の壁に**「ミリオンプロジェクト」**とマジックで書いた紙を貼り付けた。

俺は、競売に関する仕事で1億円を稼いで、失ったもの全てを取り戻そうと本気で考えていた。失ったものといっても、嫁はんではない（笑）。そのとき俺が失っていたのは、プライドと俺自身である。

1億円の、ミリオンプロジェクト。

だが俺はこの先に「まさか」という坂が待ち受けていることなど知るよしもなかった。

俺は、早速、仕事を開始するため、目黒区にある民事執行センターへと足を運んだ。受付の女性に、配当要求の係はどこかと尋ねたら、専用の場所に案内された。

まるで、小さな綺麗な図書室のようだった。差し押さえ競売開始決定のリストがファイルされ、所狭しと立てかけられていた。

俺は、金塊を掘り当てたような気分でそのファイルに貪りついた。

というのも、神戸地方裁判所では差し押えリストなどせいぜい数枚しか無いのに、大都会・東京にはその何十倍もの膨大なリストが存在した。しかも、俺のような同業者らしきものは、誰一人として見当たらない。

俺は早速、金になりそうなリストを選び出して、係官にコピーを申請した。

都内はいたるところに電車の沿線が走っているので、車が無くて

も、どこへだって容易に行くことができる。俺は早速、行動を開始した。リストに載っている家を訪ねて歩くのだ。

　差し押さえられる家は留守が多く、誰か居たとしても居留守が多い。何日かは空振りが続いたが、５日目にリストにあった足立区の４階建てのビルを訪問したところ、運良く所有者の人に会うことができた。

　所有者は金持ちそうな綺麗なご婦人で、突然やってきた俺に最初は怪訝な顔をしていたが、俺が真摯に親身に話を聞いてあげると、そこから延々２時間余り、話し込みだしたのである。

　そのご婦人の話を要約すると、ざっくりこういうことだ。

　長男が商売に失敗して借金を背負ってしまい、その借金のカタとしてビルが競売にかけられた。ここは子供の頃から住んでいて、しかも親が残してくれた遺産だから離れるのはしのびない。家賃を払うのでここに住み続けたい……。

　そんなことは不可能か？　と聞かれたのだ。

　俺は答えた。

「その希望が叶うような買主をさがしますし、債権者との話も私がまとめて、なるべく１円でも高く任意売却してさしあげます。このまま競売にかけられると、裸同然で明け渡しをしないといけなくなりますので」と説明した。

　ご婦人は、２時間も愚痴を吐き出してホッとしたのか、俺に全権を委任して任せてくれるということになった。

　それから俺は、東京で不動産の買取をしてくれそうなとこを手当

たり次第にあたった。そして、1億2000万円なら即金で買うという業者を見つけたので、債権者である「東京スター銀行」の担当者とサシで話をつけに行ったのである。

　俺は担当者に「このまま競売にかけられると8000万円しか回収できそうにない」とコンコンと説得した。そして1週間後に「1億1000万円なら抵当権及び差し押さえ解除に同意する」ということで話がまとまったのである。

　買取額との1000万円の差益について、俺はさまざまな合法的なテクニックを使った。ご婦人との密約であった家賃の1年分として、所有者に300万円を渡す。協力してくれた別の不動産屋に200万円を払い、残りの500万円をありがたく頂いたのだ。

　ゲットだぜ！

　俺は、早速その夜にネットで石垣島行きの飛行機のチケットを予約した。ようやく、子供たちに会える。今の俺なら見すぼらしくもないはずだ。

　はやる心を押さえつつも、俺は子供たちに会える喜びで、1人で部屋の中で飛び跳ねた。

　壁に貼られている紙に向かって俺は叫んだ。

「ミリオンプロジェクト、待っとけよ！」

　東京での仕事が成功し、俺のテンションは最高潮だった。

CHAPTER 38
復活のきざし

　石垣島の海と空はあの日と何も変わることなく、とても優しくて、そして穏やかだった。

　子供たちは、俺の帰りを待ちわびていたのか、俺がマンションの下まで迎えに行くと、裸足で飛び出してきた。この時間を、何年も待ち望んでいた。久しぶりに会った子供たちは、想像以上に成長していて、俺はその顔を覗き込みながらなんだか浦島太郎になった気持ちだった。

「ごめんな、ごめんな。寂しい思いをさせて。もうどこにも行かへんからな」

　俺は、涙ぐみながら子供たちを強く抱きしめていた。

　その夜はホテルを予約して、子供たちとひとつのベッドに川の字になって眠った。安心した顔でスヤスヤ眠る子供たちの寝顔を見て、俺は涙が止まらなかった。

　翌朝、子供たちは空港まで見送りに来てくれた。俺は財布の札束を無造作に封筒にねじ込み、「これ、お母さんに渡しといて」と長男に手渡した。何かメッセージをつけ加えようかと言葉をあれこれと探したが、ひとつだけしか言葉は浮かんでこなかった。

　俺は、封筒の裏に「ありがとう」とだけ書いた。

　いろいろつらい想いばかりさせてきたし、離縁は彼女の正しい勇

気ある決断だ。

　俺は今でも、彼女のことを誇りに思っている。そして、何があっても彼女は息子たちの母親であることは変わりない。この先も俺は、可能な限り陰から支え続けていこうと、あらためて決意した。

■　■　■

　東京に帰って、元部下の松木が新しく仲間に加わり、俺のミリオンプロジェクトは加速度を増していった。不動産屋というのは儲かりそうな話に群がってくる習性がある。市場価格より安い案件の情報を持っている俺の周りには、必然的に大勢のハイエナどもが集まってきた。

　順風満帆にことが進んでいる中、俺はある上場企業が極秘で手が

久しぶりの再会。
大っきなったナァ…

けているプロジェクトに参加させてもらえることになった。

　要約するとこうだ。六本木通りに面した六本木ヒルズがすぐ目の前にある好立地に、大きいが古くて老朽化した分譲マンションが建っている。取り壊しをしたいが、その物件は投資用ワンルームばかりで、所有者は部屋ごとに異なり、しかも所有者の所在地は全国に散らばっている。

　そんな所有者たちへ個別にコンタクトを取って、ひと部屋ごとに買い占めていき、最後は圧倒的数の論理によって議決権を行使し、強引に取り壊しを行い、そして新しく建て直そうというのだ。

　上場企業らしからぬ荒っぽい計画だった。だからこそ、俺みたいなダボハゼにお鉢が回ってきたのだろう。

　俺の担当する所有者は30件。幸いにも関東や北関東の所有者が多かったので、全国を飛び回らなくても良かった。早速、所有者にアプローチをかける。投資用物件だけあって、ドクターやパイロット、なかには学校の先生もいた。

　俺がアプローチをかけると、最初はみんな全く関心を示さない。なぜなら、老朽化したワンルームマンションは相場でせいぜい700万円ほど。それを不動産屋が買取にきたのだから、せいぜい500万円くらいだろう―。そんなふうに考えていたと見えて、みんな一様に「売る気など全くない」とすげなく断ってきたのだ。

　俺はそれを逆手に取った。
「今の相場が700万円くらいなのはご存知ですよね、そこを1500万円で買い取らせてください」

そうすると、たいていの人は鳩が豆鉄砲を食らった顔をする。

俺はその顔を見るのが楽しくて仕方なかった。

会社からは最高額2000万円まで買取の予算をもらっている。それでも売り渋るやつには、この2000万円を提示してやると、最初の態度とは一変して、「この話、嘘じゃないですよね」と俺にすり寄ってきた。この瞬間がたまらない快感だった。あとはこっちのものだ。俺は上場会社の専務の名刺を渡し、「信用できないなら、恵比寿にある本社に行き、直接確認してこい」と突き放すと、みんな、俺のことを水戸黄門を拝むようにひれ伏してくる。

こんな仕事は多分もう一生ないと思うが、当時は、経営危機に陥った企業の株式を安値で買い、会社の経営を握って株を高値で売り抜ける、いわゆるハゲタカファンドが日本の不動産を買い漁っていた時代。まさに、俺は時代をリアルに体験していたのだった。

買取をまとめると、俺にはコミッションが100万円もらえることになっていた。経費はもちろん全て自己負担だが、30件完了した時点で手元には2500万円ほどが残った。

その間、部下の松木には外資系ファンド絡みでの大口で、「場外ホームラン」だけを狙わせていた。松木はその期待に応えて、場外ホームランを2発も叩き込んだ。九州の老舗旅館の売買に絡んで、3000万円ほどの手数料を稼ぎだしたのだ。

競売に関する仕事も順調に進んでいた。　上京して1年余り。裸同然で始まった俺の資産は8000万円ほどになっていた。

CHAPTER 39
雷鳴

　東京に来て、1年が過ぎていた。

　俺は金儲けをしても、生活は常に質素だった。女の子の友達もたくさんいたが、遊ぶといっても、映画に行きカジュアルなレストランで食事して、カラオケボックスへ行って解散する。その程度のものだったし、ましてや、それ以上の深い関係を求める気にもならなかったし、望んでもいなかった。

　服装にも金をかけることもなく、表参道の路地裏の行きつけのブティックでせいぜい3000円くらいの服を買う程度。逆に、オッさんなのにブランド物に金をかけるやつを、むしろダサい奴くらいに思っていた。金をかけないでお洒落を楽しむのが俺のこだわりでもあった。

　唯一、贅沢といえば、月に2回も表参道ヒルズの地下のカリスマ美容師にヘアカットしてもらうくらい。それ以外は休みの日でも隅田川沿いを散歩したり、浜町公園にある体育館でスイミングするのがパターンだった。

　子供たちも、石垣島から頻繁に東京に遊びに来てくれていた。東京ドームやディズニーランドに一緒に行くこと。それが俺にとっては、ささやかな、でも最高の贅沢だった。

　しかし、部下の松木はそうではなかった。

当初はくたびれたサラリーマンのような風貌だったのに、大金を手に入れると、持ち物からその行動まで、みるみるうちに高級志向になっていった。たかだかメモ帳ですらエルメスの数万円もするものを使うようになり、休みともなるとモデルやタレントの卵を連れて海外旅行三昧に興じていた。

　六本木や銀座のクラブに行けば、モデルやタレントの卵など掃いて捨てるほどウヨウヨしている。そして金さえあれば何でも支配できる。東京はそんな街だ。松木は金に物を言わせて、昼夜問わず派手に遊んでいたのだ。そのうち、俺の言うことにも耳を傾けなくなってきて、俺が眉をひそめるようなことさえしばしば起きていた。

　そんなある日のことだ。松木が「新潟に土地の案件があり、1億5000万円投資すれば2億円で買い手がいるので、この案件をまとめたい」と稟議を上げてきた。俺は気が乗らなかったので、「この案件は承認できない」と断ったが、松木はアカラサマに不機嫌な顔をするので、俺は断る理由を、諭すように伝えた。
「今、俺らの手元には8000万円しかない。残りの7000万円を他から融通してくる力も俺にはない。だから、おいしい案件には違いないが身の丈に合わない。もっと身の丈に合った案件を探そう」

　俺はそう言って松木を諭したが、松木は納得できない顔で言った。
「自分の周りにはいくらでも投資家がいるので、私が7000万円集めてくればオッケーくれますか？」

　俺は、こいつとは潮時なのかもしれないなと思った。
「わかった。ではこうしよう。投資家の件は松木に任せるが、この

案件が終わったらミリオンプロジェクトは解散しよう。俺は石垣島に引っ越すので、あとのことは松木が好きにやればいい」
　そして続けた。
「２人の関係も潮時かもしれない。握手で別れよう」
　松木は、俺などいなくても関係ない、そう心の奥底で思ってるのだろう。二つ返事で
「はい、わかりました」
　と即答しよった。
　ええ加減な奴や、この男は！
　俺は心の中でそう思ったが、そのまま、松木と握手を交わした。
　窓の外から見える遠くの空には、雷鳴がとどろいて暗雲が垂れこめていた。
　まるで、これから始まることを暗示しているように。

CHAPTER 40
荒波と難破船

 松木はそれから、カネ集めに奔走することになる。投資家たちから5000万円はスンナリと集めてきたが、残りの2000万円に苦戦を強いられていた。あれこれ頭の中の引き出しを開けて辿り着いたのは、当時上り調子のLivedoorだった。関係者が海外出張から帰ってきたところをつかまえてアポを取り、六本木のカラオケボックスで深夜3時まで説得交渉に挑み、投資の承諾を取り付けてきた。そうして、期限までになんとか7000万円を集めてきたのだ。ある意味、松木は凄い男だ。

 そうして集めた資金を合わせた1億5000万円で、松木は新潟の土地を購入し、右から左で2億円で売却……するはずだった。

 が、数週間後の決済当日、松木から電話が入った。

 その声はいつもの松木とは違っていた。捨て犬が雨に濡れて震えるようなか細い声、今にも壊れそうな声で、松木は言った。
「2億の決済、流れてしまいました……」
「どういうことや？」

 松木は、泣きだしそうな声で続けた。
「スミマセン……相手が2億円の資金調達ができずに、契約そのものが破棄されてしまったのです」

 契約の一方的な解除の場合、2割の違約金を支払うことが契約書

に明記されていた。俺はすぐさま「4000万円の違約金を請求しろ。新潟駅前でたくさんビルも所有してるなら、とりあえず解決するまでそのビルに仮差し押さえ命令を出してもらえ。裁判所に供託金積んで命令を出してもらうんだ。すぐに弁護士とこ行け」と指示を出した。

　ところが、よくよく話を聞いてみると、確かに買主は新潟に複数のビルを所有しているが、どれもこれも抵当権がこれでもかというくらい満額設定されていたのだ。今さら差し押さえしたところで、カエルの面に小便、焼け石に水。債権の回収などとてもじゃないが不可能だ。早い話が、1億5000万円でこの土地を売りたい売主が、買う気もない2億円の買主をダミーで作って話を持ちかけてきたのだ。そんなええ加減なストーリー、子供だましの罠に松木はまんまとはめられたのである。

　脇が甘すぎた。不幸中の幸いといえば、友人の投資家の1人から「松木から投資話がきたけど、乗ってもいいのかどうか住川さんに確認したい」という趣旨で相談の電話があったときに、「この案件は松木しか中身が分からないので、今回は見送ってください。俺も責任持てませんので」と丁重にお断りをしていたことだ。友人の投資家を巻き込まなかったことに、俺は胸を撫で下ろした。

　とりあえず松木では解決できるはずもないので、俺は投資家たちの前で松木に代わって深々と頭を下げ、話の経緯を伝えた。
「とりいそぎ、あの土地を二束三文でもいいから早急に処分し、投資していただいた金額に配当はつけられないが、きっちりと耳を揃え

て元本を返却する。もし返却できない場合は、俺の命を奪ってくれ！」

　駆け引きなしの、腹をくくった命がけの交渉だ。

　投資家たちはこう言った。

「松木だと話にならないが、あなたがそう言うなら、数ヶ月なら待ちましょう」

　俺の言葉を信用してくれたのだ。

　その場で殺されることさえ覚悟していたが、俺はなんとか修羅場をくぐり抜けることができた。

　結局、土地を売り急がなければならないために足元を見られ、1億5000万円で買った土地はたったの7000万円で泣く泣く買い叩かれる羽目になった。

　俺はその7000万円を、耳を揃えて投資家たちに返済した。

　投資家の1人が、「無事に金も返ってきたことだし」と、俺を食事に招待してくれた。銀座の高級寿司店で、握りをつまみながら投資家のおじさんが言った。

「今回は住川さんとこが一番被害受けてしまって、8000万円消えてしまって気の毒でしたよね。これ、差し出がましくて申し訳ないですが、私からの見舞金だと思って、納めてください」

　と、俺に100万円手渡してくれた。

「なんですのん、これ？」

「いや、私も下手したら何千万も失ってたところです。これは私からの気持ちですので、どうぞ受け取ってください、お願いします。また、ご縁があれば一緒に仕事したいですね」

俺は一礼をして、その100万円を、受け取った。

食事をしながら、俺はその投資家のおじさんに、波乱万丈あった東京生活の出来事を打ち明けた。

話を聞いていたおじさんが、なんだか申し訳なさそうな顔で俺にこう言ってきた。

「恐縮なんですが……ミリオンプロジェクト、素晴らしい名前ですが、たしかミリオンの意味は100万です。1億であれば、ビリオン（billion）もしくはミリオンダラー（million $）。ミリオンでしたら100万プロジェクトになっちゃいますよね……」

と言いくそうに、1番ショックなことを淡々と説明してくれた。

世の中、言わなくて良いことはそっとしてくれてたらいいのに……。俺の命名したミリオンプロジェクトは、1億ではなく、100万プロジェクトだったのだ。

顔から火が出るほど恥ずかしく、そして情けなかった。

部屋に戻った俺は「ミリオンちゃうし！」と捨てゼリフを吐きかけながら、壁に貼ったミリオンプロジェクトをはがし取り、足で踏みつけた。

「くそ！ くそ！ くそー！」

何もやる気が湧いてこなくなり、そのまま俺は1週間、部屋に閉じこもった。

ご飯も喉を通らず、無理矢理食べようとしても全て吐き出してしまう。このままでは餓死するのでカロリーメイトでなんとか生き延びていたが、体重は8キロも減った。

憔悴しきった俺は天井を見上げながら、なんだかな、と意味の無い言葉を発した。
　携帯が鳴り響くが俺は電源を切り、誰とも会うことなく、ただ、ぼーっと寝転んでいた。
　たまたま点けたテレビから、天気予報が流れていた。
　俺は画面を見て、嵐の中で灯台を見つけた難破船のように、あることを思い出した。
　そうや！　これがあったんや！

CHAPTER 41
運命の出会い

 そや! 天気予報があったんや! 忘れてた!

 俺は机に座り、慌ててパソコンで楽天証券の画面を開いた。株の売買は、以前に大損した経験から原則やらないことにしていたが、上京して間もない頃に、ある会社を応援したいという気持ちで200万円ほど株を買っていたのだ。将来成長が見込めそうで、何よりも応援してあげたいなと思う会社。

 民間気象予報会社の「ウェザーニュース」だ。

 将来その株は子供に譲渡するつもりだったので、株価のことなど気にもしていなかったし、そもそも株を買ったことすら忘れていたのだ。

 俺は楽天証券の画面で、資産高を見て、思わず目をこすった。

 イチ、ジュウ、ヒャク……

 4,950,452円!

 なんと俺が200万円で買った株は、いつの間にか500万円に化けているではないか!

 俺は速攻、成行注文でその日のうちに約定させた。源泉や手数料を差し引かれても400万円以上の金を手にすることができたのだ。まさに、捨てる神あれば! 拾う神ありや!

 投資家のおじさんからもらった100万円と合わせたら500万円

ある。これで、1年は生き残れる!

　俺のテンションは最大値を超えた。

　俺は、1週間分の無精髭を剃り落とし、服を着替えた。

　天然温泉ラクーアにでも行って垢を落とし、おいしいものでも食べよう。そう思ったとたん俺のお腹が鳴り響いた。失せていた食欲も元に戻っていた。

　ラクーアの最寄り駅、水道橋に着いた頃は、すっかり辺りも暗くなっていた。あたりはイルミネーションで彩られ、色とりどりの綺麗で歪な光を放っていた。

　その時。

　ふと、1人の女性の姿が目に飛び込んできた。イルミネーションをバックにガラケーで自撮りをしようとしているが、うまく撮れずに四苦八苦している。

　はて? どこかで会ったよな?

　間違いなく知り合いのはずだ。でも、どこで会ったのか、思い出せない。

　記憶の回路をフル回転させたが思い出せない。頭のモヤモヤ感が爆発しそうになった。

　どうせ知り合いには間違いないのだから、話しかけてみて、それから思いだせばいい。

　テンション最高潮の今日の俺は、そんな安易な考えで彼女に声をかけることにした

「さっきからずっと見てたけど、君、ドンくさいな……」

俺にはヨシエが必要で
ヨシエも俺が必要なら
そこに理由なんか要らんやろ
悪くないかもな、こんな毎日。

で……結局、近くでまともに顔を見たら、一度も会ったことがないってすぐ気がついたんや。
　けど、他人の空似なのか、どこかで会ったことがあるような気持ちを拭えないまま、俺たちはラーメン屋に向かったんや。
　それから何日かして、お前から電話があって、その夜に、一緒に食事に行くことになったわな。その時、俺は、あの子どんな顔やったかな、って考えてたんや。けど、ボンヤリしか出てこなんだんや。
　そのボンヤリ出てきた顔を見て、俺はハッと思い出したんや！
　なんでヨシエと会ったことがある気がしたのか。

　俺はな、出所が間近になった頃、よく同じ夢を見たんや。
　夢の中で、毎日、俺が仕事に行く時に、必ず花屋の前を通るねん。そしたら、花屋から必ず女の子が出てきて、俺はその女の子に聞くんや。
「俺、大丈夫ですか？」て聞くんや。
　そしたら女の子はいつも、
「大丈夫、大丈夫、絶対大丈夫だから」
って答えてくれるねん。
　その女の子が……ヨシエとおんなじ顔だったんや。
　ビックリしたか？

でも、ホンマのビックリはこれからやねん。

　俺、お前から着信があって、しばらくお前の電話番号をぼーっと眺めててん。

　それで、ある重大なことに気がついたんや。

　ヨシエの電話番号。080のあとの8桁。

　シャッフルしたら、なんとビックリ、19631123。

　何か分かるか？ 俺の生年月日になるねん！

　こんな偶然あるか？ 無いやろ？

　しかも、お前とは、あの時はじめて偶然に出会ったんやで。

　タモリの「世にも奇妙な物語」やないんやで。

　俺、それに気付いたけど、なんかビビってもて……この話したら気持ち悪がられるかもしれんって。付き合ってからも、この話をしたら「今までありがとうございました」いうて、ヨシエが突然鶴にでもなって、どっか消えてまうんやないかってヒヤヒヤしてたんや。

　でもな、今なら分かる。

　お前は、あのときの夢に出てきた女の子や。

　俺とお前が出会ったのは、偶然でもなんでもない。

　かっこつけた言い方やけど、これが運命ちゅうやつかもしれん。

　お前はきっと、もう1人の俺なんやろうと、今なら分かるんや。

CHAPTER 42
石垣の海

　ザザーン、ザザーン……

　押しては返す波の音が響く。何時間経ったろうか。あたりは夕闇に包まれ、エメラルドグリーンの海は、オレンジに変わり、あっという間に、深いブルーから黒い海へと移り変わるのだった。

　子供たちが作った、高い砂の山もコップの形の砂も、すっかりと姿を消していた。さんぴん茶を飲むことも忘れ、私はあっくんの言葉に聞き入っていた。

　私たちの出会いは、偶然ではなく、必然だったのだろうか……。

　数奇な運命に鳥肌が立っていた。

　それと共に、私は、奈落の底からいとも簡単に這い上がるあっくんのことを、心から凄いと感じた。そして、そのことを告げると、あっくんは、近くにある小さな棒を拾い上げ、砂に文字を書きながら話した。

「いいや、俺は何も凄くもないし、何にも偉くもないで。ただ一つ言えることはな、ええことも悪いこともずっとずっとは続かんのや、前も言うたけど、上り坂も下り坂もマサカも必ずあるんや！　それを避けようとしてる時が、実は一番しんどいんやで。とにかく、ええことも悪いことも素直に受け入れてるんよ」

　あっくんは、ふと息をついて言った。

「俺の話、難しいか？ もっと分かりやすく説明するわな。

　例えば、お前今幸せか？ 幸せやったら何も悩むことないのに、その幸せがいつか壊れるんと違うか、無くしてしまうんと違うか……と考えることあるやろ？ それは、幸せや、ええことも素直に受け入れてやってないねん……だから無くす怖さが芽生えるねん、ええことも悪いことも嬉しいことも、哀しいことも全部受け入れて、ちゃんと向かい合ったるねん。ほんなら不思議とな、答えがみつかりよんねん。

　まずは、素直に受け入れてやるねん。けどな、受け入れてそれが運命やと諦めてまう奴は、ただの負け犬やねん。そこから、どうすればいいのかを頭がちぎれるほど考えるねん。そしたら、必ず答えが導き出されるんや。そしたら、あとは簡単やね。何かわかるか？」

　潮風が砂をおだやかに舞い上げる。

「**アクションやね。**なんぼ頭で考ついても、行動を起こさんと、なんにも始まらへんね。簡単なことや。でもその簡単なことがみんな、なかなかでけへんねん。何でや思う？」

　ちょっと難しい顔をして、あっくんは言葉を続けた。

「それはな、負け組の奴ら全員に共通することやけど、みんな『出来ない理由』を一生懸命探すねん。例えば俺なんかやったら『前科者やから就職なんか出来ない』『中卒やから仕事も限られてくる』……。こうやって、出来ない理由ばっかり言うてたら、這い上がれると思うか？ 無理やろ！」

　あっくんの言葉に力が込められ、そのパワーが私にもひしひしと

伝わってくる。

「あとな、負け犬に限ってしょうもないプライドや自尊心を持ってるねん。あのな、自分が思うほど、他人は自分のことなんか気にしてないんやで。そやのに他人の目を気にして、自分にはそんなことできないと決めつけるやろ。這い上がれるときに一番邪魔なんがプライドやねん。これさえ捨てることができたら簡単やねん。俺は這い上がるためやったら、裸で街を歩くことさえ平気なんや！」

あっくんは拾った棒で砂に**「プライド」**と書いて、また豪快に消した。

「例えば、もし俺が寿司職人やったら、一人前になるために10年もかけて修行なんて絶対せえへんわな！　半年で握り方やネタについて死ぬほど勉強して特訓して独立するわな。実際に3ヵ月修行して独立して、ミシュランの星もろとる寿司屋もおるからな」

夜の潮風が私たちを包んだ。

「俺はな、『ONE PIECE』ちゅう漫画の面白さがどないしても分からんのや。主人公のルフィが海賊王を目指すことは面白い。けど、仲間との一体感こそ一番大事なんやという価値観は俺には理解できひん。そもそも財宝を探すことが目的やったはずやのに、いつのまにか仲間との一体感そのものが目的になって、**『あいつは仲間やから』**というだけの理由で、落ち込んでやる気を失くしたヤツにいつまでも構い続ける……。こんなふうに寄りかかった関係は居心地悪いわな。寿司職人が何年も皿だけ洗って、それを美徳やから修行やからとみんなで励まし合う……俺には理解出来ひん。目的が何か

を見失って、つまらん固定観念で出来ない理由ばっかり探すやつは、何度も言うけど負け犬なんや。……と言うても、ヨシエにはまだ分からんわなぁ」

 そういって、あっくんはがっはっはと大声で笑った。

 すっかり、日が沈んでしまった夜の海は怖いほど神秘的だった。輝く太陽に照らされていた海から、夕焼けに染まった海、濃紺の薄暗い海へ、目の前に広がる海は、コロコロと表情を変えた。

 でも、目の前の海は、決して違う海ではない。一つの海なのだ。受け入れて、向き合うか……。あっくんが言いたかったのは、まさに、この海が伝えたかったことかもしれない。

「さて」

 あっくんは立ち上がり、おしりの砂を払いながら

「めっちゃ腹減ったわ！ 石垣牛でも食いにいこーや！」と言った。

「あっくん、この海を見せるのは、あたしでよかったの？」

 あっくんは、凄い人なんだと分かった私は、何だか、自分で良かったんだろうか……と心配になり、そう聞いてみた。

「当たり前やろ！ お前やから、連れてきたいと思ったんや」

 そういうと急に２、３歩、歩き出し屈み込んだ。

「ヨシエ！ ヤシガニや！」

 極力ボリュームを絞ったであろうあっくんの声は、暗い砂浜に響いた。ヤシガニは思った以上に大きく二人は顔を見合わせて笑った。

「よし、行こう！」

 石垣島の夜の湿った潮風が吹きつけた。

CHAPTER 43
ヨシエ社長の誕生

　帰りの石垣空港で、ショーケースに並んだ、美味しそうな石垣牛のハンバーグや、ステーキ肉を眺めながら、さて、お土産は何にしようか、と、二人は悩んでいた。

　あっくんは、真剣な顔をしながら、石垣牛のステーキ肉の厚みや、脂の入り方、ついには調理の仕方や、調味料は何をつけたら美味しいか、と考えに考え、「やっぱり塩やで！ 塩やったら、石垣の塩やな」と、次は塩コーナーに行き、塩の荒いものは塩分がどうだとか、ゆずが入ってるのもええな〜などと言いながら、1時間以上は真剣に悩んでいた。

　あっくんは、いつも、どんなに些細なことでも真剣に考える。そう、砂浜にいたヤシガニのこともそうだった。

　ヤシガニを見つけた後、二人で行った石垣牛の焼肉屋さんの店内でも、「しかし、あのヤシガニは大きかったな〜、暗かったから、黒っぽく見えたけど、実際は紫色やねん、でも何でカニ言うのに赤ないんかなあ」とか、ヤシガニの研究者かと思うほど、ヤシガニ談義を繰り広げていた。

　私は、こんなに一つのことに対して、真剣に考えることはあるだろうか……。
「間もなく、ＪＴＡ那覇行きのお客様のご搭乗を開始致します……」

アナウンスがなり、私たちは機内へと乗り込んだ。

平日だからか、私たちの他には、数えるほどしか乗客はいなかった。1月とは思えないほど、今日の石垣も暖かく、上着を着ていては汗ばむくらいだった。

そろそろ日が沈みそうだ、あっくんの壮大な話を聞き、あっくんにとっての石垣島が、とても大切な場所だということを知った。

このゆったりとした時間の流れと、広いエメラルドグリーンの海は、私にとっても、大切な想い出の場所になったことは言うまでもない。

街のど真ん中にある、石垣空港の短い滑走路を、これでもかというくらい、勢いよく走り抜け、機体は急上昇した。

■　■　■

那覇経由でANAに乗り換え、羽田に向かう機内でのことだった。
「寒ないから、石垣はええなあ」
「そうだね、とってもいい所だった。ヤシガニも、ヤドカリも、可愛かったし。海、綺麗だった〜、明日から仕事なんて……現実に戻りたくない！」
「そやなあ……。そういえば、お前、なんの仕事してるんやった？」

他愛もない会話からだったが、私は簡単に、自分が今携わっている医療コンサルタントの話をした。

たどたどしい、説明を一通り聞いたあっくんは、しばらく、腕組

みをし黙り込んでいた。沈黙の後、こう言った。

「おもろそうやなあ、それな、できるんちゃうかな、自分で」

　想定外の言葉を聞くと、人間こうなるんだ、とその時知ったが、まさにその状態だった。固まって、返すべき言葉が見つからなかった。見つからなかった、というより、私の頭の引き出しには、なかった。

　無意識に、眉間に皺が寄っていたのだろう、あっくんは大袈裟に私の顔真似をしながら、「こーんな顔せんでも、そんなにむつかしいことやないと思うで（笑）お前、社長せえや」とさらっと言った。

　起業して、社長になるということは、私は想像もつかないし、想像したこともなかったが、石垣島の砂浜で聞いたあっくんの壮大な話をもってすれば、あっくんが社長せえや、と言ったことも極当たり前のことのように思えた。

　羽田行きの機内はひっそりとしていて、さっきまで窓越しに見えた景色もすっかり真っ暗になっていた。

　窓には、眉間に皺を寄せた自分の顔がぼんやり浮かび上がった。確かに変な顔で、ちょっと笑えた。その奥に見えるあっくんの顔は、まだ、じーっと考え込んでいる様子だった。

　行きの機内で買って貰った右腕の時計の短針は、まもなく、20時に到達しようとしていた。

　時々、あっくんの思考回路は果てしなく、宇宙よりも広いのではないかと思う時があったが、今もそうだ。私は、自分の今の仕事に於いて、独立して起業できるのではないかと思ったことも、社長に

なろうと思ったこともなかった。

　それよりも、自分の仕事に対して、真剣に考えることもなかったではないか……。

　そうか、あっくんは、石垣牛やヤシガニのことでも、道端に落ちている石ころのことでも、そして、起業することでも社長になることでも、全て同じ比重で真剣に考えているのだ。

　小さなことでも、真剣に考えられることが、大きなことを考えられることに繋がっていくのではないだろうか。むしろ、小さいことを、真剣に取り組めない人間が、大きいことなど到底、成し遂げることはできないだろう。

　このことが、私の座右の銘、**「積小為大」**に繋がるとは、この時の私は知る由もないのだが……。

　ふと、あっくんを見ると、すっかり寝てしまっていた。

　行きの飛行機では、機内で物が買えるということも知らなかったが、今の私は知っている。なぜならば、経験し、学んだからだ。

　私は、機内誌を手に取り、左側の肘掛の下にある、ＣＡマークを勢いよく押した。「ポーン」という間抜けな音が聞こえた。

　ここ数年、自分の為に高価な物を買うということは、たった一度もなかったが、颯爽と現れた満面の笑みのＣＡに、ＡＮＡ限定のシルバーのボールペンと、革の手帳のセットを、迷うことなく「こちら、頂けますか？」と手慣れた感じを装って注文した私が、確かに、そこにいた。

　真新しい革の手帳に、シルバーのボールペンで、今日の日付を滑

らかに書いた。その脇に、「今日から、スタート」と、丁寧に書いて、丸で囲った。

　気が付けば、目下には、オレンジ色のキラキラした夜景が広がっていた。なんだか分からないが、やってやるぞ！　と意気込んでいる自分がいた。

「もう着くんか？」

　寝ぼけたあっくんの顔を見て、笑った。

　その日のことは、あっくんの思い付きでも、何でもなく、着実に実現にむけて歩き出した。

　それから、数か月後、「代表取締役」の肩書の脇に「柴里美恵」と印字された真新しい名刺を、誇らしげに手にしている私がいた。

　そう、私は、社長になったのだ。

ヨシエ、社長になった頃。

CHAPTER 44
新米社長、初めての決算

　リーマン・ショックで、不動産業界も冬の時代を迎えようとしていた、その頃。あっくんはこんなことを私に告げた。
「お前、社長せえや、俺も、もう一回表舞台に立ちたいけど、俺みたいな前科者、信用もないし、だれも相手にせえへんやろ、だから、俺がやり残したことをお前に託すから、お前が代わりに社長して、表舞台に立ってくれ」
　あっくんが、そういってから、とんとん拍子にことは進んでいくのであった。

　JR神田駅の東口を出た、目の前の雑居ビルに事務所をかまえ、右も左も分からぬまま始めた会社運営だったが、あっくんの適切なアドバイスの元、私は一歩一歩、着実に経営を学んでいった。
　資本金10万円で設立した株式会社ヨシエは、なんちゃってヨシエ社長と、営業本部長のあっくんと二人三脚でスタートしたが、気づけば、あっくんのズンズン進むスピードの速さに、私は何とか、巻いた紐一本で、ズルズル引っ張ってもらっているような感じであった。
　いろんな商談や案件を次々と成立させ、売上は右肩上がりに順調に伸びていった。

気が付けば、1年という月日があっという間に過ぎ去り、第一期決算を迎えるまでに至った。

　財務や会計などはアウトソーシングしている為、普段見ることのない書類を目の前に、だいぶ耳の遠くなっている、おじいちゃんと呼ぶには失礼だろうが、見るからに年老いた斉藤税理士の話に耳を傾けていた。
　話の内容は良く分からなかったが、「キツネ」がどうとか「アラ」がどうとか、言っている。専門用語であろうが、私には皆目分からず、？？？が飛び交っていた。
　まがりなりにも、商業高校出身の私は、貸借対照表や、損益計算書、減価償却等は、一応勉強したし、簿記の資格も取得した。
　しかし、実際に、そうした書類を目の前にし、「わー、なんか見たことある、聞いたことある！」と半ば客観的に見ていたのは、当然ながら、あっくんが隣にいたからだ。
　そのおじいちゃんが帰ってから、
「ところで……キツネって何？　アラって何のこと？」
　と聞くと、あっくんは一瞬「？」と首を傾げ考えていたが、笑いながらこう教えてくれた。
「あのおじん、滑舌悪かったからな（笑）」
「キツネじゃなく、ケイツネや。経常利益のことや、経常利益は計上利益と二つあるから、わかりやすく呼んでるんや」
　とあっくんがいつも使っている、コクヨのB4ノートに書きなが

ら教えてくれた。

「そして、アラはな、ソリエキのことやねん。粗利益(ソリエキ)と、総利益(ソウリエキ)、似てるやろ？　これも、間違わんように、そう呼んでんねん。粗→アラって読むやろ？」

「なるほど……そういうことなんだね、勉強になりました！」

　商業高校ではもちろん、勉強しなかった用語だが、それ以外の決算書にまつわることをたくさん質問した。あっくんは、子供に教えるように、とても分かりやすく教えてくれた。

　決算書の総資産高を見て、こんなに利益がでたことに、改めて凄いなと感動し、声に出してその8桁にも手が届きそうな数字を読み上げた。

　単純に、とても嬉しかった。

「すごいね！　あっくん」

　と弾ませた私の声は、きっといつもより、1オクターブは声が高かったであろう。だが、あっくんは、その甲高い私の声すらもかき消してしまうほどに

「はあああああ～」

　と深いため息をついた。

「まだまだ、俺ら、貧乏やな～」

　私は、その時、あっくんがそう言った意味がよく分かっていなかったが、考えてみると、あっくんがいなければ、或いは通常の人間であれば、8桁近くの資産を手にしたら、まず、ブランド物のバックや時計、装飾品を買い、そして、海外旅行に行き、高級食材に舌

鼓を打つことだろう。

　しかし、あっくんは、上り坂も下り坂、そして、まさかも経験しているので、いくら、この８ケタ近いお金があったとしても、ほんの小さな"まさか"のトラブルで、一瞬にして吹き飛んでしまうことを、誰よりもよく知っているのだろう。８桁近いお金では、不安で不安で仕方なかったのであったのかもしれない。

　私も、こんな大金を手にしたのは、もちろん始めてだったが、あっくんを見習い、脇を締めて、ついでに財布の紐も締めて、明日からも、地味な生活を送り、１年後の２期目も必ず、黒字決算を迎えよう、と、心の中で誓った。

「ほんなら、打ち上げでもいこか」

　腰をあげたあっくんに、私は気を引き締める意味も込めて言った。

「そこの高架下にオンボロの居酒屋があるんだけど、外からみたら結構美味しそうな雰囲気だったから、そこ、行ってみない？」

「せやな、それエエナ」

　といいながら、あっくんは、早速、B4ノートをバックにしまい込んだので、私も慌てて支度した。

　JR神田駅ガード下の居酒屋「豊漁」は、時間帯もあってか、込み合っていた。

　木製の、多分手作りであろうテーブルに、椅子は、瓶ビールのケースを逆さにしたものを置いており、店内には、「豊漁」「大漁」と書いた大きな旗が至る所に飾られてあった。

　仕事を終えたであろうサラリーマンがネクタイを外し、キンキン

に冷えた生ビールを流し込み「くう〜っ」と嬉々とした声をあげた。きっと、見た目だけで、味はいまいちかもしれない、と、思っていた、マグロやイカ、タコなどの鮮魚は、私たちの想像とは裏腹にびっくりするほど美味しかった。本当に漁師が持ってきてるのかもしれないね、などと話しながら、下戸のあっくんは珍しく、生ビールで乾杯し、半分くらい飲んだところで顔を真っ赤にした。

　その後、ジョッキでウーロン茶を注文し、株式会社ヨシエの一期目の決算をささやかながら、二人で祝った。

　JRが通過するたびに、ガード下のその店は、ゴーッという轟音が響いたが、そこにいる客の一人もその轟音を気にする風でもなく、ビールや日本酒を思い思いに飲みながら、その場を楽しんでいた。

　余談になるが、あっくんはリーマン・ショックが来て不動産業界にも影響が出ることを予想していたのか、もともとの不動産業から仕事をシフトして今日に至っている。相変わらず、あっくんの嗅覚には脱帽させられるのだ。

CHAPTER 45
再びの神戸、あっくんの実家へ

　今日は、久しぶりの休日だ。
　私が、今までいろんな所に遊びに行った経験がないことを、あっくんが一番よく知っているので、休日になると必ず、思い付きで、行き当たりばったりの日帰り旅行を計画してくれた。熱海・箱根・伊豆・鬼怒川温泉・日光・銚子海岸…etc…。
　思い付きで行く日帰り旅行は、基本的に、好奇心旺盛の私にとって、毎度、どこに行くかワクワクしたし、初めて行く場所で、初めて見るもの、初めて経験すること、初めて食べるもの、そんな初めて達に出会えることが、楽しみでしょうがなかった。
　そして、行先は毎回バラバラでも、一つだけ共通点があった。それは、どこに行っても、温泉付きであること。私も温泉地に育ったので、温泉が大好きだったが、あっくんはそんな私よりも更に温泉好きだった。旅行で疲れた体を最後に温泉で癒し、ご飯を食べて帰る。各地のいろんな温泉に入ることも、楽しみの一つであった。
　その日、あっくんは少し遅めに起きてきた。
「おはよう、何か食べる？」と聞くと、
「いや、何もいらん、それより早よ用意せえ」
　と何か、思い立ったかのような顔つきでそう言った。
「今から、新幹線乗って行くから」

私は、新幹線と聞いただけで、舞い上がった！

　きっといつもの小旅行に連れってってくれるに違いない。

　しかし、どこに行くのだろう。

「どこに行くの？」

　ワクワクしながら、そう聞くと、あっくんは３秒ほど間をおいてから、以前、ＪＲ東海のＣＭで、有名になったキャッチフレーズを真似て、こう言った。

「そうだ！　神戸に行こう！」

「えっ！　神戸に行くの！　神戸って日帰りで？」

「せや！　新幹線で行くけど、一応、ネットでスカイマーク見てみ、まだ、間に合うなら、それで行こう！」

　時計は８時を回る所だった。私は、急いでパソコンを開き、スカイマークの状況を手際よく調べた。ちょうど、11時35分発の便に空席があった。それを伝えると、あっくんは、しめた！　という顔をして、

「よっしゃ、それで行こう！　スグ出るで！」

　というよりも先に服を脱ぎはじめ、バスルームにむかった。

　間もなくして、あっくんは、バスルームから出てくると、濡れた髪の毛をドライヤーで乾かすのかと思ったら、

「ほな行くで！」

　と玄関で靴を履き始めている。

「ち、ちょっと待って」

　お化粧も半分しか終わってなかったが、ま、いっかと、あっくん

の相変わらずの電光石火の超特急にクスッと笑った。

　私たちは、近所のスーパーにでも行くような思いっ切りの軽装で、マンションのエントランスを出て、横断歩道を渡った。目の前のそこは、羽田行きの直行バスが出ている、箱崎エアーターミナルだ。

　そもそも、あっくんが今住んでいるマンションを借りた理由が、箱崎エアーターミナルまで、目と鼻の先で、雨の日でも、傘をささずに行けるから……だったらしい。

　思い立ったら、いつでも、世界中のどこへでも行けるように、そのマンションを借りたのも、如何にもあっくんらしい。

■　■　■

　そんなこんなで、急遽決まった神戸の旅、前回あんなに緊張した神戸の一人旅が、まるで遠い昔のことのように思えた。

　飛行機に乗ったこともなかった私が、ネット上で航空券まで買えるようになった、当時はきっと雲をつかむような話だっただろう、経験は本当に人間を進歩させるんだ、それも、あっくんに出会えたからだな……なんて考えている間に、１時間ほどのフライトで、神戸空港に到着した。
「はやっ、もう着いたんだね」
　日本って、こんなに狭いんだ。神戸ってこんなに近いんだ。私はつくづくそう思った。

　空港からモノレールに乗り、その車内で、

「せや、おとんの顔、見てへんかったなあ、ちょっと実家に行くから、ついてきてーや」

とあっくんはつり革を握りながらそう言った。

あっくんの実家？ お父さん？

私は緊張してきた。

そもそも私なんかが行ってもいいのだろうか。

「私行ってもいいの？」

「かめへん、かめへん、顔見て帰るだけや」

かめへんって、なんだか、その言葉のフレーズにちょっと笑えたが、どんな風に挨拶しよう、どんなお父さんなんだろう、とか、頭の中で色々考えていた。

モノレールは音をたてずに、動き出していた。久しぶりの神戸の景色、山と海に囲まれ、ほんとに、きれいな所。

神戸のシンボルでもある、赤いポートタワーが見えてきた。

また、この景色が見られるなんて。

ふと、あっくんを見ると、「三ノ宮から電車にのって、ＪＲがええかな」などど、一人でブツブツ呟いていた。

■　■　■

三ノ宮から電車に乗って、15分ほどで、須磨にある実家に着いた。そこから少し歩き、閑静な住宅街の一画に、あっくんの実家はあった。隣の畑には、グリーンのレタスのようなものが植えてあり、家

の傍らには、黒い自転車が停めてあった。

　あっくんが玄関のドアノブを引くと、こあがりになっている室内では、白髪で眼鏡をかけたお父さんが、眉をひそめ、眉間のしわをよせながら、何やら作業をしていたようだったが、あっくんの顔を見てびっくりした様子で、作業を中断し、
「お、ひさしぶりやなあ、来てたんか」と言った。

　もう一年くらい会ってないと聞いていたのに、まるで、1週間ぶりに会うかのような、お父さんの対応にクスッと笑った。

　そして、チラッと私の方を見るので、あっくんは先回りをするかのように、
「あ、これヨシエや、今、一緒に住んでんねん」

　と言った。お父さんは
「あ、そうか」

　とだけ言ってまた作業を始めだした。

　部屋にあがるあっくんを追いかけ、靴を脱いで小さい声で
「お邪魔します」

　と言ってこあがりをあがった。

　室内には、洗濯物が丁寧に干されており、その間をくぐって部屋の隅に座った。

　あっくんのお父さんにとっては、突然1年ぶりに息子が帰ってきて、同棲している彼女を紹介しても、取るに足らない出来事なんだろうな、と、変な意味でも嫌味でもなくそう思った。

　何しろ、波乱万丈の息子をずっと見守り続けてきた親なのだから、

当然と言えば当然なのかも……
　そんなことを思っている矢先に、あっくんが
「ところで、おとん、何してるんや」
　と、先ほどから、ペットボトルを片手に、右往左往しているお父さんに向かってそう言った。
「いやなあ、お母ちゃんの仏壇にな、花供えようと思てるんやけど、いかんせ、花瓶があらへんねや、おかしいな、たしか前あったはずなんやけどな」
　お父さんは探し物をしていたらしい。
「ほんでな、花瓶がないからしょうがないからな、ペットボトルの先っちょ切ってな、花瓶作ろうと思とんやけど、これがまた、今度は切るカッターがあらへんねや。せやから、しょーがないから、このカミソリでな、さっきから切ろうとしてるんやけど、切ろ思たら、カミソリの刃だけがキューっと前に出よるんや。困ったもんやで」
　と、カミソリとペットボトルを交互に見ながら、本当に困ったという顔でそう言った。
　部屋の正面には、台所があり、流しの脇にまな板を置いて、そこでペットボトルを切ろうとしているようだった。
　その右側には仏壇があり、お母さんと、おばあちゃんであろう写真が飾られていた。仏壇の前にちょこんと座布団が置いてあって、ここにお父さんは毎日座って手を合わせているのだろう情景が目に浮かんだ。
「カッターあらへんのかいな、なかったら買うてきたらええねん」

あっくんが業を煮やしたようにそう言うと、

「いや、買わんでもな、どっかにあるはずやねん」

お父さんの言い方には確信めいたものがあった。それをあっくんも感じたのか、

「ほんなら皆で探そうや」

と言うと、おもむろに立ち上がり、

「ヨシエ、そこの引き出し全部開けて探せ」

と、きっとあっくんが子供の頃からそこにあったであろう、戸棚の引き出しを指さして言った。

お父さんは、チラッと私の顔を見て、

「エライすまんな、最近、物忘れが激しいてな」とニコッと笑った。

そのくしゃっとした笑い顔は、あっくんの笑い顔とそっくりだった。私も思わず笑顔で、「いえ、探します」と言った。

私は初めて行くあっくんの実家で、お父さんとも会って間もないのに、人様のプライベート満載であろう引き出しを、どんどん開けてもいいのだろうか……。

と、躊躇したものの、そんなことはお構いなし、これが、住川家ならではなのだろう、と心の中でクスッと笑った。

一番上の引き出しを恐る恐る開けると、いつかの年賀状らしきものや、年季の入った万年筆、寄り合いのお知らせや、保険料の支払いなどが入っていた。それらは、綺麗に並べられており、お父さんはきっと綺麗好きなのだろう、あっくんもＡ型だから、お父さんもＡ型なのかな……。

などと思いながら、ふとその脇にあった「和菓子そばぼうろ」と書かれているカンカンに目をやった。

　手に取ったそれは重みがあり、右に傾けると、明らかに、工具らしき金属がぶつかる音がした。

　中身が飛び出さないように、そっと、しかし、力を込めて開けると、そこには、黄色と黒のオルファカッターが入っていた。

　私は、宝物でも見つけたかのように、
「お父さん！　あった、ありましたよ！」
と大きな声で叫んだ。

　お父さんは、いぶかしげ気な顔で、私の渡したカッターを受け取ると、カッターを右手に持って、天にかざし左右に動かし始めた、このカッターが、探していたものかどうか確認しているようだった。
「お～、これや、これや、こんな所にあったんか、こっちはエラい探しまわったのに、まあ、ええわ、ありがとう」

　そう言ってお父さんは笑顔になった。

　私は、その言葉にホッとして、またカンカンを元の位置に丁寧に戻した。

　お父さんは、早速台所に行くと、見つけたばかりのカッターでペットボトルを切り始めた。何度か、空振りをし、決して上手いとは言えないそのカッターさばきに、私は、気が気でなかった。

　ペットボトルより先に、お父さんの左手が切れてしまうのではないかと、冷や冷やし
「お父さん、危ないよ、私が切ってあげるから」

とカッターを半ば強引に取り上げ、ペットボトルを切り出した。

あっくんは、カッターを探している最中に見つけたらしいアルバムを、真剣な顔をして眺めていた。

私は、この1年ちょっとで、自分自身、本当に変わったなと思う。今までの私だったら、人様の引き出しを開けることも、「私が、切ってあげるよ」などと大胆不敵な行動に出ることも出来なかっただろう。

それが、今は、自分が思い考えたことを、行動出来るようになった。

それも、これも、あっくんのおかげだろう。

あっくんは、いつでも、自分の思ったことをすぐ行動に移す。行動しなければ、物事は何も始まらない、何においてもそれは言えるのだ。

私はそのことをあっくんとの時間で学んだから、今回も行動した。

そんなことを考えながら、ついに、ペットボトルはキレイに真っ二つに割れた。

あっくんは、アルバムを読み終えたのか、お父さんと何やら、お兄さんのことや、お兄さんの子供のことらしい話をしている。

あっくんの方を振り返ると、あっくんは

「お、切れたんか、ほんならそれに水入れてくれるか」

と、蛇口をひねる手つきをした。

私は、即席の花瓶に水を入れ、それをお父さんに手渡した。

お父さんは、そろそろっと慎重に仏壇に置き、黄色や赤の、近所のお花屋さんから買ってきたであろう仏花を供えると、仏壇の前の

座布団に座り、手慣れた様子で、マッチをすり線香に火をつけ、使い込まれたお鈴を鳴らした。
「チーンチーン」と心地よい音色が鳴り響いた。
　あっくんは、お父さんの斜め後ろに座り、私はあっくんの隣に並んで座り、3人で手を合わせた。お父さんは、満足げに
「お母ちゃん、花好きやったから、喜ぶわ」
　と言い、満面の笑みを浮かべた。
　仏壇に飾ってある、お母さんとも、おばあさんとも、会うことは出来なかったが、この短い時間でも、なんとなくこの家に、受け入られた気がした。
　私は、なぜかこの状況が面白かった、あっくんのお父さんにとっては、一年ぶりの息子が突然訪ねてきて、彼女を紹介されることと、ペットボトルをカッターで切って花瓶を作ることとの比重が同じで、いや、むしろ、お父さんにとっては、ペットボトルの方が重要だったのだ。
　どんな些細なことでも、目の前のことを真剣に取り組もうとする、その姿勢はあっくんにそっくり、その逆で、もしかしたら、このお父さんにあっくんはそっくりなのかもしれない……。などと色々考えたら、私は、思わずプッと噴き出していた。私は、初めて会ったこのお父さんを、大好きだと、自然にそう思えた。

■　■　■

あっくんの実家には、ほんの30分ほどしか滞在しなかった。

「ほなもう帰るわ」

「何やもう帰るんか」

「ちょっと用事もあるさかい、またゆっくり来るわ」

「そうか、ほなな」

　なんとも簡単な、この親子の会話も、お父さんと接した今では、逆にその簡単でシンプルな会話の裏に、あっくんとお父さんの深い絆があるんだと、よく理解できた。毛玉の付いたグレーのジャージに、厚めのどてらを羽織ったお父さんは、私たちが玄関を出て見送ると、隣の畑に植えてあったレタスに豪快に水をあげていた。

　あのお父さんが作る野菜は、さぞかし美味しいのだろう。

　私は短くも楽しい滞在時間を振り返り、クスッと笑った。

CHAPTER 46
須磨海岸の夕暮れと私の夢

　あっくんの実家を背に、また二人は、須磨駅の方に向かって歩き出した。
「ちょっと須磨海岸にでも寄ろか、歩いてすぐやし」
　あっくんは、並んで歩いていた私の手を取り、ギュッと握りしめて須磨海岸を目指した。時折、冷たい風が吹いたが、繋いだ手の暖かさで、寒さは感じなかった。
　たどり着いた須磨海岸は、想像以上に広かった。
　瀬戸内海に面した阪神間では最大の海水浴場らしく、とても広大な砂浜が広がっていた。北の方には松林が立ち並ぶ公園もあって、シーズンになると、家族連れや友達同士やカップルなどで賑わい、色とりどりのパラソルで海岸が埋め尽くされるらしい。
　そんな話を聞きながら、海岸沿いを二人で歩いた。
「凄い広いね〜」
　思わず感嘆の声をあげ、それと同時に、こんな素敵な海の傍で育ったあっくんを、山育ちの私はうらやましくも思った。
　先ほどまで、どんより曇っていた空も、いつの間にか太陽が顔を出し、少し汗ばむくらいだった。
「あそこで一休みしようや」
　あっくんは、朽ちてはいるが、まだまだ座れそうなベンチの方を

見てそう言った。

　私は腰かけると、朝、バッグに押し込むようにして入れたくしゃくしゃのハンカチを出し、汗を拭いた。あっくんはというと、
「ふう〜」
と大きく息を吐き出し、平気な顔で、押しては返す波を眺めていた。
　波の音は、静かに、優しく響いていた。ウェットスーツを着た、サーファーらしき二人組が、目の前を通り過ぎた。
「凄く素敵な場所だね」
　あっくんにそう言うと、聞こえていなかったのか、いきなり私に
「お前の夢ってまだ聞いてなかったよな、夢ってあるんか？」
と聞いてきた。
　夢……思いがけない質問に、頭の引き出しを開けるのに少し時間がかかったが、私には一つだけ叶えたい夢があった。
「一つだけあるよ」
「何や」
「これ、叶ったら、もう死んでもいいって思うくらい、行きたい場所があるんだ、そこに行くことが夢っちゃー、夢かな」
「一体どこなん？」
「モン・サン・ミッシェル」
「？　なんやそれ？　どこにあんねん、一体」
「フランス、パリよりも北の方にあって、車で半日くらいかかるんだ、とっても遠い場所、だから、絶対行けないのは分かってるんだケド……行けたら死んでもいいなあって思うくらい、行ってみたい場所

なんだ」

「へえ〜、そこになにがあるん？」

「え、だからモン・サン・ミッシェル、世界遺産の修道院だよ」

「ケド、遠い言うてもフランスやろ？ パリから半日やろ？ 半日ということは……」

とあっくんは頭の中で計算し始めた。

「半日、半日、ここから東京まで８時間やわな。ということは、仙台までくらいの距離……」などと、眉間に皺をよせながら、ブツブツ呟いた。

「ほな、パリから新幹線で行ったらええんちゃうか」

と、思いついた！という顔をしてあっくんはそう言った。

「え、新幹線？」

「そうそうＴＧＶよ、あれ、乗ったことないねん、１回乗りたいと思ってたんよ、新幹線、そのモンサンなんとか、通ってないんか？ あ、ヘリコプターとかもあるんちゃうんか、まあどっちにしろ、車で半日やったら近いやん、行こか、そのモンサンなんとか」

モン・サン・ミッシェルだってば、と心の中で呟きながら、鬼怒川や伊豆に行くように「行こう」というあっくんに、

「行くって、分かってる？ あの、フランスだよ？ フランス、ヨーロッパにあるやつ、だよ、フランス遠くない？」と言うと

「なんでや、ここから直行便乗ったらスグやがな」

「え？ パリ行ったことあるの？」

「もちろんあるがな。飛行機で、日本からパリまで、寝て起きたら

すぐやったケド、ウィーンから電車でな、フランクフルトまで行ってな、そこから列車でパリ行った時は、狭い寝台列車で、腰ちぎれそうになったわ。せやから、飛行機でパリまでやったら、あっという間やで」

あっくんは、まさに夢のような話をした。

私の頭の中には、フランクフルトと聞いたからか、ソーセージのことを思い浮かべていたが、

「ところで夢はそれだけなんかいな」

と聞かれハッと我に返った。

「そうだな、私、別に結婚願望とかあるわけじゃないけど、小学生の頃とかによく、あるじゃん、将来の夢とか書くやつ、あれには、必ず"お嫁さん"って書いてたんだ。別に結婚がどーのこーのじゃないんだけど、ドレスを着飾ったお嫁さんになるんが、夢なんかな」

「お嫁さんか、お前の花嫁姿はさぞかしかわいいやろな」

「ところで、あっくんの夢は？」

「俺の夢か？ 俺の夢はな、お前の会社がこの先も100年続いていくことや。だから俺の夢にお前も乗れ！」

あっくんが、ぐっと睨みを利かせてくる。

「お前の会社を子孫に残せ！ そのためにも俺と結婚せえ！ 俺は、お前をやっと見つけ出したんや！」

私はあまりにも突然の言葉に、その場で一瞬固まってしまった。

「お前をやっと見つけ出したんや」

その言葉が私の心をわしづかみにした。

「はい、結婚します」

　私は即答した。声がうわずっているのが自分でもよく分かる。
「よっしゃ、決めた！ モン・サン・ミッシェル行こう！ そん時ついでに、パリの教会で二人で結婚式あげよう！」

　あっくんは満足げに言うと、ニカっと白い歯を出して笑った。

　私にとっては、どちらも、絶対に叶うなどと思っていなかった夢を、いとも簡単に叶えようとしてくれるあっくんが、今さらながら、魔法使いのように思えてきた。

　私は、自然に、涙が溢れてきて、あっくんの顔を見て、
「ありがとう」

　と呟いた。

　本当は、もっといろんな言葉を言いたかったのだけれど、なぜか、ありがとうとしか言えなかった……。

　私はあっくんに、
「私みたいなのでいいんですか？」

　と恐る恐る聞いてみた。

　あっくんは
「お前じゃなきゃあかんやろ」

　と言い、私の頭を軽くこづいた。

　シェパードであろうか、大きな犬を連れたおじいさんが、犬に引っ張られながら小走りで散歩している。いつの間にか西の空から茜色に染まり、まもなく、二人の頭上にも到達しそうであった。

幸せは、自分が、幸せだと感じた時から幸せが始まるんやって、あっくんは以前言ってた。
　私は、まさにこの須磨海岸と茜色の空に包まれながら、幸せを目いっぱい噛みしめていた。
「あかん！　もうこんな時間や！」
　あっくんは慌てて立ち上がり、
「はよ、行くで！」
　と手を差し出した。
　私はその手をギュッとつかみ、心の中で、クスッと笑った。

CHAPTER 47
結婚とタコツボ

　タクシーが新神戸駅に到着した時には、既に19時を余裕で回っていた。最終の東京行きの新幹線のぞみの時刻は19時38分だった。あと10分しかない。急がねば。

　あっくんが、

「俺が、切符買うてきたるから、お前、タコツボ買うて来い！」

　最終の時間帯であったからか、閑散としていた駅の構内に、あっくんのその声は響きわたった。

「はあ？ タコツボ？」

　思わずまぬけな声が出てしまったが、あっくんは既に、自動発券機にお札を投入している所だった。左手の親指を立て後方に突き付けながら、

「そこの弁当屋に、タコツボ下さい言うたら分かるわ！」

　とまた大きな声で言った。

　私はタコツボなるものの見当がつかなかったが、とにかく、最終の新幹線に乗らなければならないので、慌てて、弁当屋の前まで行った。

「すみません、タコツボ2つ、おおいそぎで！」

　大きな声を振り絞ると、店の人は、

「ハイ、タコツボ弁当ですね。他に何か要りますか？」

と手慣れた様子で聞くので、
「お茶とビール、お願いします」
と一万円札を店員に渡した。
　"タコツボ弁当"って言ったよね、あ、そっか、タコツボは弁当なんや、と心の中で、答えが分かったことにスッキリしながら、店員さんが、渡してくれたビニール袋を受け取った。
　チラッと見えた袋の中には、お茶に重なるようにして、まぬけな顔のタコの絵が見えて、思わず笑った。
「はよせえ、はよせえ」
と改札の前で手を振るあっくんの所に、速足で駆け寄っていき、改札をくぐり抜け、エスカレーターを小走りに駆け上がった。あっくんの俊足に３歩も４歩も遅れたが、息を切らせながら到着すると、まだ出発まで３分も余裕があった。
「ちょっといそぎ過ぎたかな、まあええか、ここで待っとこか」
　そうこうしているうちに、トンネルから新幹線のライトが見えてきたのとほぼ同時に、新神戸発、のぞみ最終東京行きが、滑り込んできたのであった。
　ゆっくりしたスピードで、いくつもの車窓が目の前を通り過ぎた、割と混んでいた車内を見て、
「座れるかなあ」
とあっくんに聞くと
「お前、あほか、グリーン車じゃ」
とまた魔法のような言葉が返ってきた。

グリーン車……。生まれて初めてだった。
　初めて乗るグリーン車は、予想以上に広くて、オレンジ色の暖色系ライトが使われており、
「えらい違いやな」
　と思わず関西弁でボソッと呟いた。

■　■　■

　席に座るとすぐに、のぞみは東京に向け滑り出していった。座るや否や、あっくんは、私の方を見ながら、こう言った。
「ええか、来週、山形に帰って、お父さん、お母さんにちゃんと話してこいよ」
　先ほどまでの慌ただしさが嘘のように、落ち着いた低い声だった。私も、手櫛で乱れた髪を直しながら、真剣に
「うん、分かった。で、何て話すればいい？」
　と聞くと、一段と低い声で
「ええか、今からおれが話すことを、よーく聞けよ、そして、一字一句その通りに伝えてこい」
　と言った。
　オレンジ色のライトは何となくムーディーではあったが、そんな中で聞くあっくんの声は、何かのまじないのように聞こえた。
「私は、今、一緒に暮らしている男性がいるんです。その方には、私がいろんな事情で困ったときに、相談相手になってくれた方で、

私の抱えていた問題も、全てその人が解決してくれた、いわば、恩人みたいな人です。ここまでは、ええわな、覚えたか、ほんなら、次のセリフ言うで」

　私はうなずいた。

「私は、その人からプロポーズをうけ、結婚しようと思っています。しかし、その人は、年齢も40歳を過ぎ、過去にいろんな失敗も経験しているので、結婚披露宴は、スグには難しいと思うけど、とりあえず、近いうちに、その人を実家に連れてこようと思うので、お父さん、お母さん、挨拶してくれますか」

　私はまたうなずいた。あっくんの言葉は続く。

「まずは、2人で結婚式だけあげて、入籍する予定でいます。分かったか、これを言うんやで」

「うん、分かったケド、こんなんでお父さん、お母さん、よし、分かったって認めてくれるんかな」

「お前、あほか、認めるとか認めへんとか、そんなん、ないんや。もし、認めへん言うたら、そうですか、わかりました、今まで育ててくれてありがとうございました、今日から親子の縁切らせてもらいます、言うて帰ってこい」

　私はあっくんが当然、冗談でそんなことを言っているのだと思ったが、あっくんの顔は本気そのものだった。

「あのな、そもそもな、親っちゅうのはな、自分の娘がな、だれとどこで結婚式をあげようがな、結果的に娘が幸せになれるんなら、何でもエエはずやねん。それをな、あれあかん、これあかん、言う

のはおかしいやろ」

　その真剣な響きに、私はうなずいた。
「もちろん、祝福されて、結婚することが一番エエと思うで。ただな、こんな俺が言うのも何やけど、結婚言うのはな、好きか嫌いかだけで一緒になるもんでもないんよ、大げさに聞こえるかもしれへんけど、結婚はな、**命がけ**でするもんなんよ」

　私の耳に、心に、あっくんの言葉が、しみ入っていく。
「よくな、結婚してもお互い夫婦の権利の主張とか、いくら夫婦でもこれは別とか、言うやつ多いやろ、そんなもん俺から言わしたら、夫婦ちゃうんや」

　新幹線の窓から、景色がどんどん後ろに流れていく。私はそれを眺めることもなく、あっくんの声にじっと聴き入った。
「夫婦いうんわな、分かりやすいに言うとな、お前のもんは全部俺のもんなんや、ほんで、俺のモンは、全部お前のモンなんや。お前の命もおれのもんやし、おれの命もお前のもんや」

　まばたきもせずに、私はあっくんの思いを聞いていた。
「俺はな、お前のことを信用してるから結婚するんやないねん。お前にやったら、裏切られても本望。そう思ってるねん。俺が人生で一番どん底のときにそばにいてくれた女性やからな……」
「俺は、お前に幸せにしてやるとも、守ってやるとも言わん。幸せかどうかは、お前の心が決めるものであって、与えるもんでもないからな。俺のこと、信用せんでもええ。ただ、この人やったら裏切られても本望やと、お前も思えるんやったら、腹くくって覚悟を決

めたらええ。結婚いうのは、そういうもんなんや。親もヘチマもあらへんねや。それだけの覚悟がなかったら、結婚なんかしたらあかんね。……お前にその覚悟があるんか？」
「はい！ あります」
　私は目を見開くようにして、即答した。
「そやろ。親がどーのこーの言うても関係あらへんやろ、自分の大事な娘がな、結婚して、幸せな人生を歩こうとしてるんや。それをな、あかんなんか言う親、この世におらんぞ、俺も刑務所入って、娘の結婚式には２回とも出られへんかったケド、そんなことより、今、娘が幸せやったら、それで十分やねん。親っちゅうのは、そういうもんやで。」

■　■　■

　その時、車内放送が聞こえた。
「本日は、ご乗車ありがとうございます。車内大変混み合ってきましたので、座席の前に荷物等を置かないよう、混雑緩和にご協力宜しくお願いします」
　鼻の詰まったような車掌の声は、どこかのお笑い芸人が真似しているそれとそっくりで、笑えた。
　私たちの乗車しているグリーンの８号車は、新大阪で出張帰りであろう社長さん風のスーツ姿の人が下車し、前方に、見るからにお金持ちの雰囲気を醸し出している、お年を召されたご婦人が一人、

気品良く座っているだけだった。

　ここにいると、混雑の微塵も感じなかったが、他は物凄く混雑しているらしい。同じ目的地に向かおうとしている新幹線の中でも、こんなに違いがあるんだな……。

　私は、ふと、人生の縮図を垣間見たような気がした。

　私は、今聞いたあっくんの言葉を頭の中で繰り返していた。
「それって、親不孝、とかじゃないよね？」

　私は、思ったことを素直に聞いた。
「あほか。俺は４人の子供の親として、親孝行について話しするわな。よく世間の親で子供に対して、苦労して育ててあげたとか、面倒みてやったという親がおるわな。俺から言わしたら、逆やねん。お前に言うてもまだ、分からんと思うけど、親と言うのはな、子供が産まれてきてくれて、顔を見るだけで、幸せな気持ちになれるんや」

　あっくんの横顔は、いつも穏やかで、力強い。
「仕事で疲れた時、人生に悩んだとき、辛いとき、絶望した時、そんな時でも子供の寝顔見ただけで、どれだけ、勇気をもらったか、元気になったか、励まされたか、ましてや、その子供が笑顔で寄り添ってきた時に、この子さえいたら、どんなことでも乗り切ったるぞ、と、きっと、どんな親でもそう思ってきたに違いないねん」

　いろいろな経験をしてきた、あっくんだからこそ、それが身にしみて分かっているのだろう。
「言い換えたら、子供はお腹の中に宿った瞬間から、親にいっぱいの幸せを与え続けてるんや。たくさんの幸せを親はもらった訳やか

ら、子供を育てるというのは、いわば、子供に対しての恩返しのつもりでやらなあかんねや」

　あっくんは言葉をつないだ。
「俺がこうして、絶望の中から這い上がってこれたのも子供の笑顔にささえられてきたからや。だから、この先、死ぬまで子供に恩返しをしていこうと思ってんや。もし、子供が道を踏み外したり、世の中の全員を敵に回すことがあっても、俺は味方でおったろ、と思てるんや。それが、ほんまの親やと思うねんな。だから、心配せんでもエエ。お前が歩もうとしている道は親不孝どころか、感謝されることなんや」

　あっくんは話し終えると、私のロンTのデザインを凝視し、私の顔に視線を移すと、
「俺、少し、変なやつかな？（笑）」
「いえ、完全に変なやつです（笑）」
「すごいですね〜とかないんかい！」
「すみません」
「あやまるなや」

　と、あっくんは子供みたいな顔をして微笑んだ。

　あっくんは、淡々と、とんでもないことを発言するが、そこに悪意は感じられなかった。いや、むしろ、あったかく感じることの方が多かった。

　私は、最初、正直言って、山形の実家に行って話をするのが不安だった。でも、あっくんの話を聞いた今では、明日にでも山形に飛

んで帰りたいような気持ちになっていた。今さら言うのもなんだが、本当に不思議な人だ。

■　■　■

　気がづけば、名古屋に到着していた。貴婦人ももう下車したようで、グリーン車の車内には私たちしかいなかった。
「あ、タコツボ！」
　すっかり食べるのも忘れていたタコツボ弁当をようやく広げ食べ始めた。
　正式名称は、「ひっぱりだこ飯」といい、蛸壺を模した陶器の容器に入っており、赤い蛸のとぼけた絵が表紙になっている。後から知ったが、明石名物で結構有名らしい……。
　タコや野菜がごろっと入っており、ご飯にもタコの味がしっかり染みていて、すっかりぬるくなったビールに良く合った。
　ふう〜、いろんなことがあった一日だったなあ、と、一息つくと
「ビールにお茶、お弁当はいかがですか〜」
　と売り子の甲高い声が響いた。あっくんは
「すんません」と呼び止め、
「あの、カチンコチンアイスありますか？」と聞いた。
　売り子のかわいいお姉さんは、
「えっ？　えっ？」
　と、自分が聞き間違えたのかなと言うような素振りで、耳を近づ

けてきた。
「だから、カチンコチンアイス」
　と一回り大きな声であっくんは言い、私は、口に含んだビールを吹き出しそうになった。
　あっくんは、
「新幹線のアイスって、いっつもカチンコチンやろ、神戸で買って新横浜ぐらいならな溶けへんねん、なんでなんやろなあ」
　と言うと、売り子のお姉さんは、ああっという顔をして、
「すいません、カチンコチンですよね（笑）。私も、もう少し、柔らかったらええのにな、って思うんですけどね」
　と関西弁で気さくに答えながら、カチンコチンアイスのバニラ味を申し訳なさそうに、あっくんに手渡した。
　売り子が、頭をペコッと下げて、グリーン車を後にしてからも、
「それか、もうちょっと固いスプーン付けたらエエんちゃうんかな、なんとか、改善できひんのかなあ」
　と今度はアイスのことで頭がいっぱいになっているようだった。

「まもなく〜新横浜〜新横浜……」
　と車掌の声が聞こえる。
「あかん、早よ食べな！」
　と、カチンコチンのアイスと必死で格闘しているあっくんを横目に、私は、タコツボ弁当の陶器をお土産にしよう、と、バックに無理やりしまい込んでいた。

その時、ふと思った。

　あっくんは、私に、最初から結婚しようと言う為に、わざわざ日帰りで神戸に連れてきてくれて、しかも、実家に連れてってくれ、須磨海岸に連れってってくれたのかも……。わざわざ、その舞台を作ってくれたのかも。

　しかし、一体いつから、考えていたのだろう……。

　ほんと、不思議な人、そして、私の旦那様。

　あっくんはというと、手でアイスのカップを十分に温め、周りから溶かすようにスプーンで、かき混ぜながら食べるという王道の技に徹していたが、

「なんかないんかなあ」

　と、まだブツブツ呟いていた。

「本日もご乗車ありがとうございました。まもなく、終点、東京〜東京〜」

　相変わらず、鼻づまりだ。

CHAPTER 48
ふるさと山形の夜

　神戸のサプライズプロポーズから間もなくして、私は一人東京駅に立っていた。
「明日帰るから」って、昨日やっと実家にかけた電話、直前の電話にもかかわらずお母さん、「気いつけでな、ヒヨコ、買ってきてケロ〜」と、いつもの調子で明るく答えた。
　母はいつもそうだった。私が、辛い時も、悲しい時も、苦しい時も、楽しい時も、いつも、私の味方だった。そして、話しをしなくても、全て許してくれた。全てを受け入れてくれた。
　私は母のことを思い浮かべる時に、必ず"ひまわり"のことを思い出す。あの、カンカン照りの太陽の下、これでもかという元気さで、夏の間中きらきら輝き続ける、向日葵だ。とにかく、母は明るかった。よく、頑固で無口な父は、母をきつく怒ったが、母はいつも笑顔でいた。
　今から考えれば、3人の子供を不安にさせない為に、私たちの前では悲しい顔をしないよう、笑顔を作り、時には元気キャラを繕っていたのかもしれない……。そんな、母を思い出しながら、東京名物ヒヨコを手に取り、クスッと笑った。きっと、母は、歯を剥き出しにしながら笑い、喜ぶはずだ。
「さんむいなあ（寒いなあ）」

新幹線を待つホームで私は、思わず口走った。

　両手をこすり、ハア〜と息を吹きかけると、暖かい息は真っ白だった。何度か、ハア〜ハア〜と繰り返している間に、山形新幹線「つばさ」は１分も遅れることなく、鋭い顔をして滑り込んできた。慣れた仕草でグリーン車に乗り込む私は、さながらセレブの気分だった。

　あっくんは、
「絶対グリーン車で行けよ！」
　と、私の一人旅を気遣って、お金が入っているだろう、赤い封筒を、半ば強引に私の手に握らせながら
「これで、ちゃんと、お土産も買うて、持っていくねんで、ほな、頼むで」
　と真剣な顔で言った。赤い封筒には、手書きのニコちゃんの絵の脇に、"気をつけてな"と油性ペンで書かれていた。左上がりのその文字は、いかにもあっくんらしくて、笑った。

　グリーン車は貸し切りで、オレンジ色の暖色系のライトに気付き、
「あ、グリーン車はどれも、こういうライトなんだ」
　と独り言をいった私の声は、寂しく響いた。

　隣の空いた席を見て、更に寂しさは加速した。

　その時、二つ折りの携帯のランプが点滅していることに気が付いた。メールのマークを押すと、

　＜今、俺がおらんから、ちょっとさみしいなと思ったやろ（笑）
　俺らは一心同体やで（笑）＞
　と書かれていた。

図星……。

「なんでわかんの」

　と呟いて笑った。一心同体か。

　＜ そう思ってた所だよ（笑）

　でも、大丈夫、一心同体だね！ 行ってきます！ ＞

　と返事を返した、その時、自動ドアが開き、

「お茶やビール、お弁当いかがですか〜」

　とお馴染みの甲高い声で売り子が入ってきた。

　貸し切りのグリーン車で、貸し切りの売り子に、

「すいません、お弁当下さい、一番人気どれですか？」

　と聞くと笑顔で

「米沢牛弁当です」

　と、もちろん決まってるでしょ、と言わんばかりの即答が返ってきた。思わず

「じゃあ、それで」

　と頼んだ私は、手渡されたお弁当を手に

「カチンコチンアイスって知ってます？」

　と聞いていた。

　売り子は当然？？？ という顔をしていた。

　私は「あ、いいんです、いいんです」と言いながら、笑いが止まらなかった。売り子は不思議そうな顔をしていたが、カチンコチンと実際に口に出すと、妙に間抜けな響きで、それをさらっと口にできるあっくんを、また思い出して笑った。

一心同体、そこに相手がいなくても、相手がいるかのように、生き生きとその人を思い出せること、その人だったら、何て話すだろう、何を思うだろうとか、考えること、なのだろうか……。

　　　　　■　■　■

　車窓から見えた都会の街並みは、だんだんと田畑に変わり、それが、所々に白く積もった雪が見えてきて、最初は「久しぶりの雪〜」と嬉しがったが、それも束の間、景色のほとんどが雪で真っ白になり、冬の厳しさを思い出していた。
　チラチラ降っていた雪は、あっという間に吹雪になりすっかり、外は見えなくなった。新幹線ごと雪にうもれるのではないかと不安になったが、そうこうしている間に、「ご乗車ありがとうございます、次は山形〜」と聞こえてきた。相変わらず、鼻詰まりの車掌の声に、
「声も一緒やん」
　とまた独り言を言った。
　実家の玄関は、冬の間だけ、防雪用に簡易な木製の引き戸が設置され、それを開けると、玄関が現れる、二枚玄関の仕組みだ。
　雪が積もっているせいで、引き戸はなかなか開かなかった。外は吹雪で、ほっぺたがちぎれそうに痛かったが、ガコンと大きな音をたてて最初の扉を突破すると、懐かしい実家の匂いとともに、暖かさが全身を包んだ。
　二枚目の玄関は簡単に開いた。

「お帰り〜」

と聞き覚えのある明るい声。

「あら〜さむがったべ〜（寒かったでしょ）早ぐこたつさ入れ！（早くこたつに入りなさい）」

と母の笑顔が見えた。やっぱり、向日葵だ。

「ただいま！ 寒かったよ」

と負けずに元気よくそう答えた。

■　■　■

私は、その夜、

「お父さん、お母さん、お話があります」

と改まってそう言った。正座した私に、父と母は顔を見合わせたが、そういうことね、と察したのだろう、

「正座なのすねくていいがら、話してみろ（正座なんかしなくていいから、話してみなさい）」

と言った。

私はあっくんに言われた通りのことを言おうと思ったのだが、緊張のあまり、

「私、結婚しようと思ってるの」

と思わず口をついて出てしまった。父は、母の顔をチラッとだけ見て、

「んだが、いがったな（そうか、よかったな）」

とだけ言った。

初めて聞く父の優しい声だった。
「えっ、い、いいの？」
「いいも悪いもねえべ。お前が、好きだと思って結婚決めたんなら、それでいいべ。ヨシエがそれで幸せなら、それでいいべ」

と父はそう言った。

私は思わず涙がポロポロ落ちてきた。
「すごくいい人だから、今度連れてくるから会ってくれますか、いい人だから……」

そう言うと、さっきまで黙っていた母が、
「ヨシエが説明しなくても分かってるよ、お前が引っ越しするって連絡あってから、毎月、お母さんに仕送りしてくれたよね、お父さんと話ししてたんだよ、多分、だれか好きな人と暮らしてるんだろうって。それで、今が幸せだから、仕送りも始めてくれてるんだろうって。きっと、いい人と一緒なんだろうねって」

父も言葉をつないだ。
「ヨシエ、親はいつまでたっても親なんだから、その親が望むことはお前が幸せであること、願いはそれだけなんだよ」

あっくんの言った通りだった。あの、頑固で無口で、真面目なお父さん。お父さんも、ちゃんと私のこと、考えてくれてたんだね。
「お父さん、飲みながら話すっぺ（飲みながら話しようよ）」

と母の陽気な声につられ、3人で山形の日本酒を飲みながら、たくさん話をした。

「ところで、結婚式はどうすんな?」
「聞いてビックリだよ! それが、パリです!」
　と自慢げに話をすると、
「たまげたごと〜(ビックリした)」
　と言って、ふたりはのけ反った。
「ここいらでは、パリに行った人なんて聞いたことないよ〜、たいしたもんだね〜」
　と声をあげて笑った。
　3人とも赤ら顔で、こたつに足を突っ込みながら、いつまでも、話はつきなかった。

CHAPTER 49
憧れの地へ

　山形を朝一番で発ち、見慣れたマンションの玄関の前に着くと、安堵感からか、私は、

「ふう〜」

と大きく息を吐いた。

　昨日の夜、すっかり酔っ払って饒舌になったお父さんは、

「お前の花嫁姿は、きれいだろうな、写真、いっぱい撮ってこいよ」

と嬉しそうな顔をしてそう言った。

　あの頑固な父が、そんなことを言ってくれるなんて。私は、親の有難みを感じるとともに、あっくんもやっぱり、いいお父さんなんだろうな、と、あっくんの父親ぶりを想像していた。

　玄関のドアを開けようとしたその時、向こう側から勢いよく、ガチャッと押され険しい顔が飛び出してきた。

　一瞬ビックリして、思わず

「ただいま」

と言った声がひっくり返った。

「いやな、今なんか物音したからな、お前か、泥棒かな思て開けてん（笑）で、どうやったん!?」

　と、勢いよく話すあっくんは、相変わらずで笑った。

　とりあえず、中に入れてもらい、荷物を降ろし、

「お父さんも、お母さんも、賛成してくれたし、喜んでくれたよ。あっくんの言う通りだった、親は、やっぱり親なんだね」

と報告すると、

「ええお父ちゃんに、お母ちゃんやな、ほんまに良かったな、俺も、嬉しいわ」

と、結果を聞かずとも、分かっていたかのように答えた。

分かっていたというよりも、どちらでも良かったのかもしれない。もちろん、祝福されるのが一番ではあるけど、駄目ならダメで、まあしゃーないやろ、という覚悟があったのだろう。

"人生覚悟"

あっくんがA4用紙に、筆ペンで書いたその右上がりの文字は、額に入ってベッドの少し上の壁にかけてある。

それを、ぼんやりと眺めていた。

「気い抜いてる場合ちゃうで、ヨシエ、これ見てみい」とあるパンフレットを差し出した。目の前に見える、JTBのパンフレットには"JTBハネムーンウェディングプラン　フランス・パリ"と書かれていた。フランスとパリは、大きな赤文字で強調されてあった。

「これな、来週の出発締め切っとったんやけどな、いけるんちゃうかな、思てな、確認したら、受付一旦終了してるけど、明日全額振り込んだら、来週の火曜日やったら空きがあるから、行けるみたいやねん」

完全に私の頭はフリーズしていた。はて？　来週？　火曜日？　パ

リ？　また、あっくんは、とんでもないことを、さらっと言った。長年の、夢が叶うことが現実味帯びてくると、人間、フリーズするんだ……なんてどうでもいいことを考えていた。
「パスポート貸して、番号控えるから」
　とあっくんに言われ、我に返った。
　あっくんと付き合い始めた頃、
「パスポートも持ってないんかいな、作っとけや」
　と半ば強制的に、作ったパスポートのことを思い出した。白いタンスの中に、大事にしまっている真新しいパスポートを手に取り、ページを開くと、今よりも髪が短くて、真面目な顔を装ってる自分の顔があった。
　まさか、この時は、自分が結婚するとも、しかも、パリで挙式するとも、モン・サン・ミッシェルに行けるとも勿論、考えてはいなかった。が、来週、火曜日、フランスに向けて、出発するらしい。
　ほんと、なんだ、
　そう思った瞬間、ドキドキ胸が高鳴り、思わず
「フランス行くの？　来週？」
　と大きな声であっくんに確認していた。
「せやからそれを言うてるやろ（笑）早よパスポート貸せや（笑）」
としびれを切らしたように答えた。
　私は、数年前、フレンチレストランで働き、本気でソムリエを目指していた時期があった。特に、フランスワインに魅了され、フランスの気候、風土、ブドウの品種など、必死に勉強し、いつかはフ

ランスのその土地を見てみたいと夢見ていた。モン・サン・ミッシェルのこともそうした中で出会ったものだった。

　フランス北部ノルマンディー地方の世界遺産で、和名は「聖ミカエルの山」と呼ばれる。モン・サン・ミッシェルは、周りが海で囲まれた小島で、島全体が修道院のようであり、世界有数の巡礼地として有名である。干満の差が激しいことで知られ、昔は、満潮時には島に渡ることが出来なかった。その為に、一本の道がつくられているが、それがまた、神秘的なのだ。

　まさか自分がその地を踏めるとは……。更には、パリで結婚式をするなんて……。
「本当にありがとうございます」
　大きな声でそう言うと、
「分かったから、まず、それを貸さんかい（笑）」
　とあっくんは、私の握りっぱなしのパスポートを指さして言った。
「あ、ごめんごめん（笑）」
　私の頭の中は、まだ見ぬフランスのことでいっぱいだった。
　エッフェル塔にセーヌ川、お洒落なカフェで、硬いフランスパンを食べながら、
「かっちんこっちんやがな」
　ときっと、あっくんはきっと言うだろう。
　私はクスッと笑いながら、期待に胸膨らませていた。

CHAPTER 50
ハネムーンの機内にて

　幼い頃は、おかっぱ頭に、お気に入りのお人形を手にしながら、いつも一人で遊んでいた。山形の片田舎では、友達に会いに行くのも、3キロは歩く必要があったし、姉や兄は私を「みそっかす」と呼んだ。

　だから、私はよく一人で絵を描いた。それは、たいていキラキラした目の女の子。色とりどりのドレスを着て、耳には大きなイヤリングを付け、必ずヒールの高い靴を履いていた。

　夕方、仕事を終えて帰ってきた母が、

「何描いたの？」

　と聞くと、私は必ずこう言った。

「お嫁さん！ ヨシエ、大きくなったらお嫁さんになるの！」

　母は、決まって甲高い声で、

「いいごと（いいわね）〜」

　と言いながら、エプロンをつけ、いそいそと晩御飯の支度を始めた。

　それが、高校生になると、

「私、将来、ハワイで結婚式するから」

　に変わった。ハワイにしたのは、思春期にはよくありがちな、浅知恵だったのだろう。背伸びして、顔に塗りたくったメイクと、ダボダボの靴下で、意気揚々にそう話す私に、母はまたしても

「いいごと（いいわね）〜」

と言った。

そして、27歳になった私は、定刻より30分遅れで出発した、成田空港発シャルルドゴール空港行のエアーフランスの機内にいた。初めての海外旅行が、夢にまで見たフランス、しかも、そのフランスでの結婚式。

世の中に、こんなに一気に、自分の夢が叶う人っているんだろうか、私、日本に帰ってから死んじゃうのかな、とか本気で考えていた。

その時、金髪で、グレーの制服にトリコロールのスカーフを巻いた、きれいなブルーの瞳のCAが「ペラペラペラ」と話しかけてきた。全然何を言っているのか分からなかった。
「何飲む？ フランスやからワインやろ、やっぱり、これでいいか？」
と隣に座っているあっくんは、ワインリストらしきものを、指さしながらそう言った。
「う、うん」

と頷くと、あっくんは通訳の如く、CAに「ペラペラペラ」っと流暢な英語で返し、その後
「ビューティフォ〜、アイズ」

みたいな単語が聞こえて、きっと、
「あなたとっても瞳がきれいだね、吸い込まれそうだよ」

と言っていたのだろう、CAは
「メルシー、あなたもすてきよ」

みたいに返す、映画でよく見るようなやりとりをし、お互い笑っ

ていた。

　あっくんの英語力もさることながら、このワイン、ブルゴーニュのそこそこ有名なワイナリーのものだけど、これって、ただなのかな、ただだとしたら、ここは天国みたい！ とその、CA に差し出された、冷えた白ワインのハーフボトルを受け取りながら、
「メルシー」
　と言った。CA はまた「ペラペラペラ」っと早口で言うと、笑顔のまま、通路を挟んだ、隣の乗客のオーダーにうつった。
「あっくん、凄いね！ 私、何言ってるか全然分からなかった、ほんとに英語ペラペラなんだね！」
「いや、当たり前やろ、サンフランシスコ住んでたんやから」
「えっ！ そうなの？ 凄い！ サンフランシスコ、ってアメリカだよね」
「当たり前やがな(笑)」
「住んでたことあるんだね」
　と白ワインのキャップを捻り、小さなワイングラスにそれを注ぎながらあっくんに聞くと、
「もう、随分昔の話やけどな……」
　と言った。
「それ、聞きたいな」
　私は、シャブリを一口含んだ。
「でも、新婚旅行で話すことでもないで(笑)」
「いいよ、聞きたいな」
　シャブリは少し若いのか、頬っぺたの奥でキュッと酸味を感じた。

あっくんは、白ワインではなく、エビアンを一口飲むと、
「俺な、ゴルフ留学でサンフランシスコに住んでてん……」

話し始めるあっくんの目は、パリよりももっと遠く、時空をさえも超えるような、遠くを見る目だった。しかし、それは、穏やかで暖かな目だった。

■　■　■

当時、俺はゴルフを始めたばかり。いくら練習しても、スコア100すら切れない、下手くそゴルファーだった。もちろん、今でも下手くそで、ゴルフ自体を封印してやめてしまったが……。

一向に上達しない俺は、何か良い方法がないかと模索してるときに、偶然テレビで、サンフランシスコにゴルフスクールがあって、そこに入学すれば3ヶ月でシングルプレイヤーに簡単になれるという番組を観た。

俺は、居ても立っても居られず、早速資料を取り寄せて、翌月には、もうサンフランシスコ行きの機内にいた。俺のゴルフスクールは、サンフランシスコから車で1時間ほど走った所にある、Walnut Creekという街にあった。退職者たちが暮らす、閑静な住宅地だ。ゴルフ場は、そこからさらに車で1時間以上。ナパ・バレーにある、シェークスピアゴルフ場（カリフォルニアワインの名産地だ！）と、サンラファイエット方面にある、サンジェロニモゴルフ場、この2

つだ。当時、スクール生の中には現在プロゴルファーとして活躍している片山晋呉、宮本勝昌、横尾要、その他、錚々たるメンバーがいて、俺は場違いなスクールに入校してしまったと、その時初めて気がつき、自分の浅はかさを恥じた。

　まあ、そんな彼らとも同じスクール生としてすぐに仲良くなり、俺のサンフランシスコ生活が始まった。

　練習を終えると俺は毎晩、車を飛ばして、サンフランシスコのダウンタウンまで足を運んだ。ダウンタウンの中心地にヒルトンホテルがあり、その目の前の路地を入ったところのレストランバーで食事をするのが日課となっていった。

　そして、その店に通うのは大きな理由があった。店で毎晩ピアノを弾いている、ブロンズヘアがとても綺麗な、アメリカ人にしては、かなり小柄な女性、ミラに一目惚れしたからである……。

　演奏の休息時間によく、ミラと会話をするようになっていた。

　ゆっくり話す俺の下手くそな英語を聞いて、ミラは

「まるで赤ちゃん言葉のようだ」

　と頭をなでてきて、俺のことをベイビーちゃんと呼んでからかった。俺は彼女との、そんな時間が楽しくて仕方なかった。

　ある日、俺は意を決して 、真っ赤な薔薇の花束を抱え、彼女にプレゼントした。

「I'm crazy about you！ Do you want to go on a trip with me?」

　　　　　　　　　　（君に夢中だよ、一緒に旅したい気分だよ）

　というメッセージを添えて、だ。

彼女は、予想以上に感動して喜んでくれた。

　そして休息時間になると俺の隣に座り、

「ありがとう！ で、何処に私を連れて行ってくれるの？」

　と問いかけてきた。俺は、まさか本気で旅をしてくれるとは夢にも思わず、焦って思わず口にしてしまったのが、

「Las Vegas」

　だった！

「随分エキサイティングな旅ね！で、私と同じベッドで寝るわけ？」

　いかにもアメリカ人らしい言い回しだ（笑）

「とんでもございません、ベッドは当然別々で！」

　もちろん、流暢な英語での会話ではなく、実際は彼女からすれば、幼児と話すくらいのレベルのたどたどしい会話だったので、彼女もストレートに質問しやすかったのだろう。

「私、寝る時はパジャマ着ないの、そんな私が隣のベッドに寝て平気なの？」

　彼女は、またからかうように俺の目を見て言うので、俺は、

「いえ、多分我慢できないと思いますので、部屋は別々に予約します」

　と答えた。

　彼女は、その様子を楽しむかのように、ハイネケンの入ったビアグラスの下の、水滴で少し濡れたコースターを裏返すと、そこに何やら書きだした。

　差し出されたコースターには、少し滲んだ文字で、こうメッセージが綴られていた。

"The eyes are the windows to the soul."

俺は意味が理解できず、彼女に質問した。

すると彼女はゆっくりと説明してくれた。

これはアメリカのコトワザで「目はあなたの心の窓なのよ」という意味らしく、日本のコトワザで近い意味でいうと、「目は口ほどにモノを言う」みたいなもののようだ。

「ベイビーアキ《何故かつけられた俺のニックネーム》となら、安心して楽しい旅ができそうね、楽しみだわ、ただし部屋は別々でなくていいからVIPルーム（日本ではスイートルーム）にしてね！ツーベッドルームの１つを使わせてもらうわ！ 鍵かければ、パジャマ着なくても済むしね！」

これまた何とも、アメリカ人らしい言い回しだなと感動しつつ
「Thank you!!」

と答え、哀しいかな、次の気の利いた英語が出てこなくて、ただ微笑むだけだった。

彼女は、俺にこう言い残して、またピアノの演奏に戻っていった。
「勘違いしないでね、私は、ピアノを聴いてくれる多くの人たちから、いろんなお誘いを受けてきたけど、全て断ってきたのよ。でも、ベイビーアキとの旅、本当に楽しみ」

そういって、ウインクして演奏を始めだした彼女の姿を、俺は、とても愛おしい気持ちで、いつまでも見続けていた……。

それから数週間後、俺とミラはLas Vegasの旅に出かけた。俺は何度か泊まったことのあるミラージュホテルで何故かVIP登録

をされているので、VIPルームも無料で用意してくれた。

　そして、2人で食事をしながらショーを観て、少しだけギャンブルをやるつもりでテーブルに座った。

　ほんの1時間ほどで、俺は3万ドル（日本円にして当時300万円ほどか）くらい勝ったので、すぐに辞めて換金した。

　ギャンブルは基本好きではないし、勝ったことに対してさほど高揚感も感じなかったからだ。ミラは、目を白黒させて驚いていたが、

「君が勝利の女神だからだ」

　と、半分プレゼントしたら、さらに目をパチクリさせて驚いてた。

　そりゃそうだろう、ミラにとって俺はベイビーアキなんだから。ベイビーがそんな豪快な一面を持っているとは、彼女にとっては、想定外であっただろう。

　その夜、約束どおり俺たちは別々の部屋で一夜を過ごした。

　部屋に戻ると、ミラージュホテルの名物、本物の火を使った火山の噴火ショーに沸く観客の歓声が聞こえてきた。

　眼下には、世界屈指の眠らない街、大人のプレイシティー、ラスベガスの眩いほどの景色が一望できた。

　車のクラクションがあちこちで鳴り響き、一夜の夢に狂喜乱舞し、失望落胆する人々の、一種の妖気のようなものを怪しく放っていた。

　翌日、少し遅めの朝食を摂り、サンフランシスコへ帰る支度をし始めた。しかし、ミラージュのボイスプレジデント、つまり副社長の肩書を持ったスタッフが、勝ち逃げはさせないぞとばかりに、申

し出てきた。
「3日後発のハワイ行きのビジネスクラスのチケットが2枚余っているから、あと3日ほど滞在していかないか？ もちろん、食事も部屋も無料でいいから！」
　しつこく引き止めようとするスタッフを振り切り、
「来週また来ますから！」
　と嘘をつき、俺たちはせしめた大金を抱えながら、そのままサンフランシスコに舞い戻った。
　その後も、俺はミラとアメリカ中を旅した。
　ロサンゼルスやニューヨークにも、よく行った。
　ある時、ニューヨークで、ミラが「ついでにパリに行こうか？」と言うので、俺は
「ニューヨークとパリは2日ぐらいかかるのでは？」
　と言うと、ミラは、腹を抱えて笑った。
「ニューヨークからコンコルドに乗れば6時間で着くよ！」
　俺はその言葉に衝撃を受けた。日本にある世界地図を広げたら、アメリカとヨーロッパは左右両端で真逆にあるから、物凄く遠いのだと思ってたけど、地球は丸いから、実は、アメリカとヨーロッパ、アメリカとロシアも、凄く近いんだなと、恥ずかしながらその時に初めて知ったのだ。
　そして、アメリカ全土を旅して一番驚いたのは、その移動手段だ。
　当時、俺は、移動にはサウス・ウェスト・アメリカン航空を利用していた。今では当たり前に認知されている、いわばLCC航空会

社の先駆けだ。最初は搭乗券すら無いことにも驚きを隠せなかった。カウンターでクレジットカードを提示するとプラスチックの札を渡される。その札を、搭乗する際、係員が回収する仕組みで、それだけでも、人件費、紙代など、さまざまな費用を削減できる。
「私の座席は？」
　と聞いたら、
「あなたの座席？　空いてる席が貴方の座席よ！」
　と不思議そうな顔をされた。
　しかも、まだ出発時刻が来てなくても、全員揃うと、
「搭乗、即出発！」
　まるで、バスのようだ（笑）
　アメリカ人は、飛行機という交通手段が、日本人にとってのバスや電車のような感覚なのだ。
　しかし、その感覚が無ければ、こんなに国土の広い土地を往き来できないのだろうと、妙に納得させられた。

　そんな、サンフランシスコ生活も佳境を迎え、翌日には帰国の途につくことになった俺は、サンフランシスコで一番の親友であり、旅仲間でもあるミラの店に立ち寄った。
　ピアノの演奏を終えた彼女は、俺の顔を見ると、ニコッと微笑み、
「親友の貴方に、プレゼントを渡したいから、今夜、部屋で待ってて」
　と言った。
　俺は、店をあとにして部屋に戻り、ミラの到着を待っていた。

数時間後に、彼女が俺の部屋のチャイムを鳴らした。

　ミラは、部屋に入るや否や、俺に唐突に抱きつき、

「ベイビーアキが居なくなると、とても、とても、とても、寂しくなるわ、そして、つまらない毎日になってしまう……。でも、私は忘れない、貴方のことを。瞳の綺麗な、英語の下手な、笑顔の素敵な、日本人の親友がいたことを。私からのプレゼントを受け取ってほしい……」

　しばらく彼女は沈黙して、俺の顔をジッと見つめてた。俺も彼女の瞳を見つめた。彼女の瞳は溢れそうな涙で濡れていた。

　そして、数分沈黙したあと、彼女は私にこう囁いた。

「I am sorry to have kept you waiting.」（ずいぶん、待たせたわね）

　そして、俺たちは静かに唇を重ね合わせ、身体を寄せあった。

　数か月のミラとの想い出が、走馬灯のように、頭を駆け巡った。少し塩っ辛い涙の味に、二人は顔を見合わせ、そっと笑った。

　まだ、夜が明けきらない、薄暗いサンフランシスコの街。

　彼女は朝早く

「大切な予定があるから、空港には見送れないの。ここでサヨナラしましょう」

　そう言って部屋を後にした。

「まだ辺りは暗くて危ないから送って行くよ！」

　というと彼女はニッコリ微笑んで、

「大丈夫、今日はちゃんと持ってきているから」

　と親指と人差し指で、ピストルのジェスチャーをした。

俺は苦笑いした。

　そう、ここはアメリカだ。

　ほんの数ヶ月だが、俺はこの国でいろんなことを学んだ。感じた。そして、確かに恋をした。

　俺は右手で敬礼して、彼女の背中を見つめた……。

　昨夜の余韻に浸りながら、俺は、帰国の途につく前に、毎朝通っていたドーナツ屋に立ち寄り、今から日本に帰ることを、いつも無愛想な髭ヅラの主人に挨拶した。たった一度の会話も交わさず、いつも憮然としていた主人だったが、

「もう戻らないのか」

「ああ、もう、永遠にね」

　と答えると、主人は俺に熱く、力強く握手してくれた。

「身体に気をつけろよ！」

　そして、ニコッと微笑みながら

「これは、俺からの餞別だ」

　と言うと、いつも俺が好んで食べていたドーナツを豪快に袋に入れた。

　ドーナツ屋から出ると、スクールの仲間たち全員が、俺を見送ろうと、待ち構えていた。のちにプロで活躍する片山晋呉や宮本勝昌たちが、

「住川さん、プロテスト、必ず応援に来てくださいね！」

　と目を輝かせながら言い、俺は固い握手を交わした。

　女子プロになったMちゃんからは手紙を渡された。手紙の最後

には、"P.S. 住川さんのこと好きでした"と綴られていた……。

いつも俺にゴルフを熱く教えてくれた、コーチのマークやジェフさんが、

「アキ、お前は素晴らしい生徒だったよ、最高だ……ゴルフは下手だけどな(笑)」

そのアメリカンジョークに、皆で爆笑した。

早口の英語でうまく聞き取れなかったけど、

「アキ、お前がたくさん放ったOBボール、林の中から探しとくから！必ずまた戻ってこいよ！」

とコーチのケントがウインクを送ってくれた。

俺は、皆が描いてくれた色紙の寄せ書きを胸に抱きしめ、「ありがとう」を連呼した……。

"フォーン"

送迎バスが、大きなクラクションを鳴らして到着した。俺は、仲間達との別れを惜しみながらも、そのバスに乗り込んだ。

遠い昔、遠い異国での、俺の古き良き時代の思い出の１ページだ。

■　■　■

「だから、俺は英語が話せるようになったんや！ あっ！ 俺、最低やな、新婚旅行でこんな話するなんて。スマン、スマン(笑)」
「楽しい話だったよ！ サンフランシスコか。いいな〜、私もいつか行けたらいいな。どうりで英語が上手なはずだよね(笑)」

私は1本目のシャブリをすっかり飲み干し、2本目のシャブリに手を付けたところだった。そして、話が終わるのを、待っていたかのように、ちょうど食事が運ばれてきた。

　青い目のCAは、「ボナペティ（どうぞ召し上がれ）」と笑顔で言った。

　深夜0時30分に成田を発ち、約12時間35分のフライト。時差は7時間。

「フランスに着いたら、朝方の4時位ちゃうか」

　とあっくんは教えてくれたが、いまいちピンと来なかった。それよりも、目の前に出された食事を眺めながら、幸福感に包まれていた。バゲットに4種のチーズに生ハム、黒と緑のオリーブ、帆立貝のテリーヌにメインはカチャトーラだろうか、さながら機内はフレンチレストランと化していた。

　私の頭の中ではシャンソンが流れ、マダムになった気分だった。

　ブルゴーニュ産のシャブリを飲みながら、料理に舌鼓を打ち、「あ〜幸せ〜」と隣をふと見ると、あっくんは目の前の料理をみるみるうちに胃の中に流し込んだ。

「うまかったわ〜」

　というと、ガサゴソと、かばんの中から何かを取り出した。それは、白い錠剤で「これな、睡眠薬やねん、長いフライトの時はな、飯食うたら必ず、飲むようにしてんねん」と手慣れた様子で、錠剤を口に含むと、先ほど配られたエビアンで流し込んだ。

「ほんなら、寝るわな」と、アイマスクを装着し、オレンジ色の耳

栓をすると、シートを倒し、眠る体勢をとった。

　まるで、なにかの儀式のような、一連の作業を見届けると、ナイフとフォークを持ったまま、私は、一言呟いた
「はやっ（笑）」

　あまりのスピードに呆気にとられたが、世界中を飛び回っていたあっくんにとっては、取るに足らないことなのだ。最初は、今の私のように、フライトを楽しんだ時期もあっただろう。しかし、それも経験を積み重ねると、今のあっくんのスタイルが、きっと、最終形になるのかもしれない。

　私は、ふと、辺りを見回した。初老の夫婦、若いカップル、40代半ばの女性同士、皆、それぞれに、機内での時間を楽しんでいるようだった。その中には、あっくんと全く同じスタイルが何人かいた。一様に、スーツのジャケットを脱いでいるであろう、シャツ姿の単身だった。出張なのだろうか、なぜか、その人たちが、旅の達人に見えた。そして、隣のあっくんを見て、クスッと笑った。

　私もいつか、旅の達人になり、スグに寝てしまうのだろうか。

　帆立貝のテリーヌを食べ、シャブリを口に含みながら、
「あ〜、幸せ」と小声で言った。

　やはり、このマリアージュは最高だ。あっくんは、大きく寝返りを打つと、小さな寝息をたてながら、深い眠りについていた。

　12時間のフライトは至福の時間だった。

CHAPTER 51
Just Married !!

　フランス最大のパリの空の玄関口、シャルル・ド・ゴール国際空港に到着したのは、現地時刻で朝方の4時をまわった頃だった。
　外は真っ暗で、夜なのか、朝なのか分からなかった。
　機内では、なかなか寝付けなかったけど、フランスのこの地で、私を待ち受けているであろう色々な出会いを想像すると、眠気やだるさは微塵も感じなかった。
「ふあ〜」
　隣を歩くあっくんは、大きなあくびを一つすると、
「めっちゃ寝れたわ〜。でもまだ眠たいわ〜。しかし、フランスも寒いな」
　と目をこすりながらそう言った。あっくんは、相変わらず、近所にでもきているかのようだ。あらかじめ、機内ではどうせ寝るだけだから、と、厚手のナイロンのジャージ姿にニットキャップを被り、まるで、近所と変わらない。ただ、いつもと違うのは、
「外国ではな、絶対油断すんなよ、全員泥棒やと思えよ、特にパスポート、これだけは、絶対パクられんようにな」
　と言ったように、眠たそうにしていても、その奥の瞳は警戒心で光っていた。
　フランスに入国するには、もちろん入国審査がある。あっくんの

後ろを私は、金魚の糞のようにくっついて歩いた。

「EU加盟国民向け」と「そうでない人」に分かれていて、私たちは、もちろん、「そうでない人」の方に並んだ。ここは、外国なんだ、と実感がわいてきた。

　仏頂面の入国審査官が、一人ひとりに不機嫌そうな顔で、淡々と作業をしているのを見て、私は緊張してきた。何聞かれるんだろう、分からなかったらどうするのかな、何て答えればいいんだろう、自分の頭の引き出しにある、「ハロー」とか「アイム・フロム・ジャパン」とか中学生レベルの英単語を、色々引っ張りだしていた。

　そんな私の様子を気にしてくれたのか、
「何や、お前、顔色悪いけど大丈夫か？」
　とあっくんは声をかけてくれた。
「うん、大丈夫、人生初の入国審査にちょっと緊張してるだけ」
「何をそんなんで緊張しとんねん、心配せんでええよ、二人で一緒に行ったらええやん」
「えっ、そんなのありなの？ 皆順番に一人ずつ行ってるよ」
　という私の言葉に
「アホか、おれら夫婦なんやぞ、夫婦はどこ行くんも一緒じゃ」
　と、ひときわ大きな声でそう言った。

"夫婦は一緒"

　見えない紐のようなもので、あっくんと、くくられているような錯覚に陥ったが、その魔法のような言葉に、私はすっかり安堵していた。
　そのうちに、私たちの順番になった。よく、ハリウッド映画の警

察官役で出てきそうな、小太りで怖い顔の黒人の審査官が、私たちに「来いよ」と言った。

　二人でパスポートを提出すると、あっくんは、私の肩に手を回し、その審査官にむかって

「マイワイフ」

と言った。すると、その審査官は、仏頂面をし、二つのパスポートをまじまじと見比べながら、

「苗字が違うじゃないか」

と言ってきた。

　こんな時は何て言えば良いんだろう、帰ってから入籍しようと思ってます？ パスポートをずいぶん前に作ってしまって……これも違うな、でこれを英語で伝えるには、何て言おう？ と、悩んでいると、そんな私の心配をよそに、あっくんは、その審査官にむかって、にっこり微笑むと、

「Just Married」（新婚なのさ）

と短いフレーズを返した。

「リアリ？」

　その仏頂面は私とあっくんの顔を品定めするように交互に見ながら、

「あなたは、とってもラッキーだね！ 彼女のような美人と結婚できるなんて！」

と、眉毛を大げさに上にあげながらそう言うと、ニヤリと笑った。

「センキュー、君もそう思うだろ、僕も神に感謝してるんだよ」

　みたいなことをあっくんは、滑らかな英語で返した。

滞在日数やホテルなどを答えた後、パスポートに"ポン"と豪快にスタンプを押すと、
「フランスの男は美人に目がないから、気を付けな」
　と早口で言って、またニヤリと笑った。
　パリへの第一歩、外は暗かったが、約14時間ぶりの外の空気は、すがすがしかった。空港からパリ市内の滞在ホテルまでは、バスで30分ほどで着いた。チェックインを済ませると、そのまま、朝方のパリの街を歩いた。私は興奮して、至る所の写真を撮った。電話ボックスとか、消火器とか、全てがお洒落でパリだった。
　あっくんは
「そんなもん撮ってどないすんねん」
　と言いながら、ガードレールを背にストレッチを始めた。
　私は、そんなあっくんにカメラのレンズを向けた。

CHAPTER 52
モン・サン・ミッシェル

　パリ市内からモン・サン・ミッシェルまではちょうど、東京〜名古屋間と同じ距離だそうだ。バスで行くと時間にして、約5〜6時間かかる。今日は、モン・サン・ミッシェルの傍のホテルに、一泊することになっている。

　その朝、あっくんは、神妙な顔で私にあるものを手渡した。
「これな、一応持っとき」
　それは、大人用の紙おむつだった。
「えっ、何するの？ これ？」
「いやな、ネットでな、モン・サン・ミッシェルまでのバスの旅をな、事前に調べたんや。そしたらな、ある新婚さんのブログがあってん。それ、見たらな、多分俺らが乗るバスとおんなじバスやと思うねんけど、バスの中に、トイレがあれへんらしいねん。何回かトイレ休憩で停まるらしいねんけど、その場所が限られてるから、いろんなバスが停まりよるんよ。ほんで、数少ないトイレに長蛇の列が出来るらしいねん。トイレ休憩言うたかて、ほんの10分くらいしかないから、そのブログの主はバスの中でトイレに行きたくて、トイレに行きたくて、新婚旅行の甘いムードも吹っ飛んだって書いとったで。まあ、とりあえず、休憩の度に、俺がダッシュして女性トイレの前で並んだるケド、一応念のために、持っとけ」

いつも、あっくんは用意周到で、3歩先のことを考えてくれる。私は、バスのトイレのことなんか、言われるまで気付かなかったが、あっくんは、いつから、トイレのことまで考えていたのだろう。受け取った大人用紙おむつを、肩さげバッグに仕舞い込みながら、あっくんがトイレの神様のように見えた。
「ありがとう」
　というと、
「トイレ我慢すんなや、おむつ使っても恥ずかしくないからな」
　と言った。
　相手のことを自分のことのように思いやる、これが夫婦なんやで、と、トイレの神様は教えてくれた。
　大型バスは、モン・サン・ミッシェルへ向け出発した。あっくんの言うようにトイレはなかったが、私はバッグに入っているトイレのお守りのお蔭で、安心だった。

■　■　■

　バスの車窓から見える景色全てが、私にとっては感激だった。例えば、「ボルドーはこちら、ブルゴーニュはこちら」の看板、遠くに見えるエッフェル塔、立ち寄ったトイレ休憩の場所が、大好きなワインの産地、ロワール地方のブドウ畑の目の前だったり、「うわー」「うわー」と、いちいち感嘆をあげる私を見る、あっくんの眼差しは、優しかった。私にとって6時間はあっという間だった。

ノルマンディーのサン・マロ湾上に浮かぶ小島に建つ、その修道院の周りには一切建物がなく、その修道院だけが、ぽっかりと、浮かんで見えた。8世紀から続くその歴史を物語るように、何キロも先から荘厳な雰囲気を醸し出していた。私は身震いを覚えた。ヨーロッパの低い空と、緑の草原、その先には、モン・サン・ミッシェル、まるで、一枚の絵ハガキを見ているようだった。そして、私は、この景色は一生忘れないだろう、と思った。

　眠り込んでいたあっくんが、ふと目を開けて「お、やっと着いたんか、あれか？　モンサンミシェルって、なんやおっきなお城みたいやな〜」と寝起きの声で言った。
「あれ、泣いとるんか？」
　あっくんに言われて気づいた。余りの感動に、勝手に涙が溢れていた。
「ありがとう」
　わたしは、心からそう言った。あっくんは、「名物のオムレツ食べなあかんな！」と言いながら、さりげなく自分のシャツの袖で、私の頬につたった涙を拭いた。

CHAPTER 53
パリの花嫁

　モン・サン・ミッシェルの興奮も冷めやらぬまま、滞在3日目、ついにその瞬間がやってきた。

　そう、今日、ついに、私は花嫁さんになるのだ。

　パリ市内の、予約していたワタベウェディングに行くと、早速

「では、こちらからドレスをお選びください」

と部屋に通された。

　ロココ調に統一された家具と、眩いばかりのシャンデリア、そのゴージャスな部屋に圧倒され、思わず立ち止まった私に、

「何しとんねん、あ、あそこにドレスあるやん」

と言いながら、あっくんは部屋の一角を指さした。指さした先にある、背の高いハンガーラックは、いろんなデザインの純白のドレス達で賑わっていた。

　一着ずつ丁寧に衣装袋に収まっている、そのドレスを目の前に、「うわ〜」とため息がもれた。まるで気分はシンデレラだった。魔法使いのあっくんが、私をシンデレラにしてくれるんだ。私は、胸の高鳴りを抑えられなかった。

　どれにしようかな、と、一着ずつドキドキしながら見ていると、あっくんが、ウェディングドレスのバイヤーかのように、横から割り込んできて、ドレスをバサバサと、めくりながら一通り品定めす

ると、
「何や、エラい安っぽいやつばっかりやな、お姉さん、もっとええのんないの？　べっぴんの嫁に着さすんやさかい、もっとシューッとしたやつシュッと」

と、こてこての関西弁で、係の女性に向かってそう言った。日本人とフランス人のハーフの彼女は、あっくんの言葉をすぐに理解できずに、しばらく、眉間に皺を寄せながら考え込んでいたが、
「そうですね、追加料金がかかりますが、こちらの方から選べますよ」

と、どうやら趣旨は伝わっていたようだった。

秘密のカーテンらしきものを開くと、そこには一段と煌びやかなドレスが、ひしめき合っていた。そのやりとりを眺めながら、相変わらずのあっくんにクスッと笑った。

グレードアップのドレスを見たあっくんは
「ヨシエ！　これやで！　シューっとしとるがな」

と言って、満面の笑みをみせた。
「でも、高いんじゃないの？　私、何でもいいよ？」

と言った私に、
「アホか、こういうのはな、バーンといかなあかんねん！　一番高いドレス選びや！　これなんかごっつええやん」

とあっくんが偶然選んだドレスは、マーメイドタイプの裾の長い、シンプルなデザインのものだったが、まさに、私が幼い頃から、思い描いていたそれと、全く一緒だった。
「それ！　あっくん！　それがいい！」

思わず叫んだ私に、
「せやろ〜、よし、ほんならこれにしよ、ごっつええやん！」
　と応じるとすぐに、
「お姉さん、これしたって、何せべっぴんな嫁やから、ヘアもメイクもバッチリ頼むで！」
　と手際よく、ハーフの女性に頼んでくれた。関西弁に慣れたのか"まかせて！"とばかりに、片目をウィンクさせた。
　それはそうと、という様子で、彼女は、
「ご主人様のタキシードはどうしますか？」
　とあっくんに聞いた。
「俺はなんでもええんや、黒のタキシードはあるか？」
「え、タキシードって白じゃないの？」
　と口をはさんだ私に、
「アホ、タキシードはな、黒なんや、黒を着ることによって、花嫁の純白ドレスが光るんや。それに、黒の方が格上なんやぞ、ねえ、お姉さん」
　と同意を求めると、お姉さんは「おっしゃる通りです」とばかりに、深くうなずいた。
　あっくんは、本当に何でも知ってる、私が感心していると、
「綺麗にしてもらうねんで！ ほんなら、隣で待っとくわ」
　と早足で部屋を後にした。
　あっくんが去った後、残された私と係のお姉さんは、顔を見合わせて笑った。

ウエストをキューっとしめ、裾に向かって広がる、マーメイドスタイルのドレスに身を包み、ヘアとメイクもパリ仕様に仕上がった。鏡に映る自分の姿は、夢に見た花嫁さん、そのものだった。

　パリらしい、お洒落なブーケを手に取り、夜会巻の頭にも、黄色とピンクのガーベラを付けた。その時「ガチャ」っとドアノブが回り、黒いタキシード姿のあっくんが入ってくると、しばらく無言だった。
「あっくん、タキシードよく似合ってるね！」
　と言うと、一つ間をおいて、
「あまりに綺麗やったから、言葉出えへんかったわ。この世のものと思われへんくらい、きれいやな」
　と目を大きく開きながらそう言った。あっくんのその台詞に、私は大きな声で吹き出した。
「ほんとに？　ほんとに思ってる？」
「当たり前やないか、ごっつ綺麗で」
　私は幸せだった。夢なら、醒めないで欲しい、と、思った。

　腕をしっかり組んだ、純白のマーメイドドレスと黒いタキシード姿の二人は、並んで教会に歩き出した。

　その時、ゴーンゴーンゴーンと大聖堂の鐘が鳴り響き、それに合わせるかのように、たくさんの小鳩が飛び立っていった。

　それは、まるで二人の門出を祝っているようにも見えた。

　私は、感動で全身が震え、一粒の涙がこぼれた。あっくんは、そんな私の涙を指ですくいながら、

「おれら、夫婦やな」

と言って笑った。

見上げたあっくんの背後に、太陽の輪が重なり、私はハッとした。そうか、あっくんは、私が辛い時も苦しい時もいつも励ましてくれた。時には本気になって怒り、一緒に悩み、くだらない話も、将来の夢も、話をするときは必ず隣にはあっくんがいた。

いつも明るく、大きな声で私を見守るあっくんは、まるで太陽のようだ。私を暖かく照らしてくれる、太陽なんだ。

私は、クスッと笑い「ありがとう」と言った。

■　■　■

教会で、司教による小さな結婚式を済ませると、あっくんが
「記念になるやろ、山形の両親にも送らなあかんしな」

と、オプションで頼んでくれた、プロカメラマンによるパリ市内での、ウェディングフォト撮影に繰り出した。

移動は、あちこちピンクのリボンでデコレーションされた、黒のベンツに、
「すごーい！ベンツ！」

と私は喜んだ。

凱旋門や、エッフェル塔など観光名所をバックに、黒ぶちメガネで細身のカメラマンは、地べたに這いつくばったり、中腰をしたり、アングルをあれやこれや構成しながら、パシャパシャと撮ってくれた。

そんな経験も初めてだったし、たくさんの人が行き交う観光名所だけに、最初は恥ずかしいなとも思っていたが、皆口々に、
「コングラッチュレーション！」
とお祝いしてくれ、嬉しかった。

通り過ぎる車も「プップー」とクラクションを鳴らし、一緒に写真撮って！とお願いされたり、
「ソーキュート！」
「ビューティフォ」
などという言葉をかけてもらい、祝福の輪に囲まれた。
「メルシー」
と言いながら、私は、この上ない幸せを感じていた。

その時、ポタッと、大きな滴が顔に落ちてきた。なんだろう、と、上を見上げた瞬間、バケツをひっくり返した様な大雨が降ってきた。今まで、祝福していた人達も、クモの子を散らしたように、まわりには誰もいなくなった。

私たちも直ぐに雨宿りをしたが、急な豪雨に抵抗も虚しく、せっかく1時間かけてした、メイクもヘアスタイリングもボロボロ、お気に入りのマーメイドドレスも、ずぶ濡れになり、裾は泥で真っ黒になった。

冬のパリの雨は凍てつくような寒さをもたらした。あっくんは、心配して、
「大丈夫か、また、明日、仕切り直ししよ、何回もドレス着たらええやん、風邪ひくから、今日は、一旦戻ろ！」

と優しく言ってくれた。

なんだか、私は、そのシチュエーションに可笑しくなって、思い切り笑った。そして笑いながら

「いや、大丈夫だよ、写真もいっぱい撮ってもらったし、楽しかったよ、こんな時に、ゲリラ豪雨って、何て私らしいんだろう」

あまりにも、幸せすぎて、不安になっていた私には、この雨はピッタリだった。

パリのエッフェル塔の前で、大雨にうたれて、ドロドロのドレス着た花嫁って世界中探しても、そんなにいないだろう。私は暫く笑いがとまらなかった。

「そやな、お前らしいやん」

あっくんも笑った。

パリのシンデレラは、大雨に打たれたが、魔法はどうやらとけなかったようだ。

CHAPTER 54
こんにちは、赤ちゃん

　夢のようなパリから帰国して、入籍を済ませた私は、しばらくは何も手につかなかった。思い出しては、左手の時計を眺めた。

　パリのリッツホテル裏カンボン通りに面している、シャネル本店。ブラブラとお散歩をしている時、

「うわ～！シャネル！」

　というと、あっくんは

「ここ本店やねん、ちょっと寄ろか」

　喫茶店じゃないんだから、とつっこみを入れたくなったが、私たちは、ココシャネルが創設した、由緒正しき一号店の敷居をまたいだ。キラキラと並ぶ商品達は、見るだけでも幸せだった。その、シャネル本店に来たというだけで、私は満足だった。が、あっくんは、じーっと一つの時計を眺めて

「これ、ええやん、買うたるわ」

　と言った。私は耳を疑った。もちろん、

「いやいや、いいよ、そんなの高いし」

　と言ったが、すでに店員に

「これ、見して」

　と英語で話し、店員は白い手袋をはめて、その時計を取り出した。その時計は、シャネルの腕時計では代表的なJ12シリーズ、その

中でも、白セラミックでダイアとピンクサファイアがちりばめられているものだった。ユーロ表記の値札では、一瞬わからなかったが、０が一つも二つも多い。
「はめてみーや」
　はめてみーやって……壊さないように恐る恐る、腕に通すと、あっくんは
「ごっつええ！　それ、買お！　指輪がなかったからな、指輪の代わりやから」
　と言うやいなや、
「これ、ちょーだい！」
　と店員に気前よく言った。
「メルシー」
　と、店員は気品よく応えた。
「この腕時計をなくさないように、壊さないように、一生大事にします！　ありがとう！」
　と言うと
「お前にとって、パリのええ思い出になるんやったら安いもんやで」
　と笑った。
　シャネルのショッピングバックを片手に、シャンゼリゼ通りを闊歩し、私はパリジェンヌを気取ったが、すぐに、
「そんなぶらぶらして持ってたら、手ちぎられて持ってかれるぞ！　貸せ、持っとったるから」
　と私を気遣ってくれた。

あっくんはというと、その後、エッフェル等の前で売っているエッフェル塔の形をしたチョコレートをしばらく眺め、ホワイトチョコにしようか、ビターチョコにしようか悩んだ末、クリーム入りのチョコを指さし、
「これ、うまそうやな、これちょーだい！」
　と言って、チョコレートの入った袋を受け取ると、
「これは、おれのお土産や」
　と笑った。あっくんにとっては、シャネルの時計も、エッフェル塔のチョコレートも同じ比重なんだ、相変わらずのその様子に、クスッと笑った。
　シャネルのその時計は今、確実に時を刻んでいる。かの、寺山修司の言葉にもあるが、時計は進むと時間になり、戻ると思い出になる。私には、楽しい思い出がいっぱいだ。それは、とても幸せなことだった。

■　■　■

　それは、そうと、今月、"アレ"がないなあ、今日は何日だろう？とカレンダーを見ると、先月から日数を計算しても、10日は過ぎていた。
　もしかして。私は急いで薬局に走った。妊娠検査薬を手に取り、それを買うと、いてもたってもいられず、薬局のトイレを借り、それを試した。ドキドキしながら、確認すると、ピンクのラインがはっきり浮かんだ。

わたしは、パッケージの中に入っている説明書を、もう一度読み直し、手に握りっぱなしの検査薬と交互に見比べた。陽性って、妊娠ってことだよね……。
　私の想像では、夕飯を作っている最中、味噌汁の匂いを嗅いで「うっ」と流しに走り、「出来たみたい」っていうド定番の妊娠劇を思い浮かべていたが、想定外の速さで妊娠に気付いた。
　どうしよう！　赤ちゃんが出来たんだ！
　私は、ぺったんこのお腹を、優しくさすりながら、"赤ちゃんが出来たよ！"って報告した時の、お祭りのように騒ぎ回るであろう、あっくんの様子を想像しながら、ゆっくり歩いて帰った。
　その夜、あっくんが帰って来るや否や、
「大ニュースです！　なんと、赤ちゃんが出来ました！」
　と検査キットをジャジャーンと、大げさに見せながらそう言うと、その検査キットを眉間に皺を寄せながら、まじまじと見つめ、しばらく押し黙っていた。
　想定外のそのリアクションに、なぜ喜んでくれないんだろう……と不安になった。小さな声で、
「産んでいいんだよね？」
　と恐る恐る聞くと、その声にハッとした様子で、
「あ、もちろん、もちろん、産むのはええんやけどな、初産やろ、子供を産むということは、初産の場合、特に、想像している以上に大変やから、五体満足な元気な赤ちゃんを無事産み届けるまでは、安心できひんからな。今日から万全の注意を払っていかなあかんな」

あっくんは、一番最初に結婚した奥さんとの間に、初めて産まれた赤ちゃんが、産まれて間もなくして亡くなってしまったという、辛い過去を背負っている。そんな、あっくんだから、産まれてくる命の大切さというのが、良く分かっているのだと思う。
「まあ、何はともあれ、おめでとうやな」
　と、いつものあっくんに戻り、
「とりあえず、初産の場合、特に病院選びが大事なんや」
　そう言って、後日、クライアントのドクター数人に、あれこれ教えてもらい、その結果、あっくんいわく、"最先端医療を受けたいなら、聖路加病院の産婦人科"で、"最先端治療ではないが、癒されるということを求めるなら、誰に聞いても聖母病院の産婦人科"ということだった。
　聖母病院は、修道会のシスターが運営する病院だから、最先端の医療とは別の価値があるという。口コミを見ても、"スタッフの笑顔に支えられました"という類の意見が多く、内面的なサポートが厚い医療が受けられる病院らしかった。
　私はそれを聞いて、迷わず
「聖母病院で産んでみたい！」
　とあっくんにお願いした。
「ほんなら、とにかく行ってみよ！」
　と、百聞は一見に如かずとばかりに、早速、私たちは、聖母病院にむかった。
　JR山手線で高田馬場駅まで行き、西武新宿線に乗り換え、下落

合駅で降車し、ゆるやかな坂をまっすぐ上っていくと、右手に大きな建物が見えてきた。

　ヨーロッパ調の厳かなその建物は、まもなく創立80周年という、歴史を感じさせる風格と気品が溢れ出ていた。その傍では、巨大な聖母マリア像が、暖かな目でこちらを見ていた。
「ここや、ここが聖母病院や」
　私は、その建物の大きさ、醸し出す雰囲気、あまりの敷地の広さに、度肝を抜かれた。
「大学のキャンパスみたいだね」
　と言うと、あっくんは笑いながら
「その通り、大学やがな。聖母大学があって、聖母総合病院があって、その中に産婦人科があるんや」
　と言った。
　あまりの病院の大きさに
「私、こんな立派な病院でなくてもいいよ、入院費も、凄く高そうだし」
　と、言おうと思っていた矢先、あっくんが
「大きな病院の産婦人科の方が、症例数も圧倒的に多いから安心・安全なんや、まさかの坂があったときでも、ここやったら何とかしてくれるやろ」
　という話をしてくれた。
　あっくんは、私とお腹の赤ちゃんのことを気遣ってくれ、安全・安心にお産できることを、一番に考えてくれていた。私はその気持

ちに、甘えることにした。
「ありがとう」
　そう言うと、
「中入ってみよ」
　とあっくんは、優しく言った。見上げると、巨大な聖マリア像がニコッと笑った気がした。
　病院の中に入ると、スタッフが皆笑顔で接してくれ、その空間にいるだけで癒される気持ちになった。修道会系の病院ということもあってか、聖堂が隣り合っており、その雰囲気がより一層、心を落ち着かせてくれた。
　初めての妊娠に出産、不安だらけだけど、この聖母病院でお産ができることをうれしく思い、私は改めて、幸せだなと思った。

■　■　■

　妊娠5週目のお腹の赤ちゃんは姿形もまだなかったが、エコーをあてながら担当医の高橋先生は
「これは赤ちゃんの住むお部屋ですよ〜大きくなるの楽しみですね」
　と優しく教えてくれた。私は嬉しくて
「宜しくお願いします！」
　と思わず大きな声で挨拶した。
　それから、どんどんお腹の赤ちゃんは順調に大きくなり、日増しに私のお腹も大きくなった。

23週目。すっかり、聖母病院への道も覚え、2週に1回来院するたびに、大きくなっている赤ちゃんの姿を見ることが、私の楽しみになっていた。
　その日も、いつものように、ベットに乗り、先生がエコーをあてると、すぐに
「あっ！」
　と声をあげた。
「えっ！　何ですか？」
　とびっくりして、慌てて聞くと、
「見えちゃった～、性別分かっちゃたよ！　知りたい？」
「はい！　教えてください！」
　早く性別が知りたかった私は、間髪入れず、そう答えた。頭の中ではドラムロールが鳴り響き、ジャンという最後のリズムに合わせたように、先生は
「男の子だよ！」
　と嬉しそうに言い
「ほら、チンチン」
　と見せてくれた。体重555グラムの小さな体にも、しっかりとチンチンがついていた。
「わあ～すごいね」
　と言いながら、まだ見ぬ男の子の赤ちゃんを、更に愛おしく、大切に感じた。
　早速、あっくんに電話して

「男の子だったよ！ 元気で動き回ってたよ！」

と報告すると、

「ほんまか！ よっしゃ、よっしゃ！ 男の子か、はよ、名前考えなあかんな！ 帰り、気をつけてな！」

とだけ言うと電話を切った。

名前、そっか、名前か、と思いながら、あっくんの、相変わらずのスピードにクスッと笑った。お腹の赤ちゃんは、それに合わせたように、ポコッとお腹を蹴った。

私のお腹の元気な男の子は、36週、いわゆる"臨月"を迎えた。赤ちゃんは、元気で健康に、私のお腹の中で育っていった。お腹をたたいて

「おはよう」

と言うと

"ポコン"

と返事をしてくれたり、指で突っついてるだろう感触もあった。早く、赤ちゃんに会いたい！ この手で早く抱きしめたい、その気持ちが高まり、出産のその時が楽しみだった。

あっくんはというと、性別が分かってから、赤ちゃんの名付けに没頭し、A4用紙の紙に色々と書き出したり、字画を調べてもらうのに、有名な先生に依頼したり、最終的に名前が決まったのは、赤ちゃんが26週、まもなく1kgにさしかかる頃だった。

「コウイチや！ 名前はコウイチやで！」

と言って、お腹に

「おーい、コウイチ、聞こえるか〜、お前の名前はコウイチやで!」

と呼びかけた。お腹のコウちゃんは、知ってか知らずかポコポコ返事をした。

「やっぱり! 気にいったんやな!」

その名前は私も聞いた瞬間、すごくいい! と思った。私たちは顔を見合わせて、笑った。

それからというもの、休みになれば、

「ちょっとコウイチのベッド買ってくるわ!」

と買いに行ったり、

「服やおむつや、分からんかったけど、売り場のお姉さんに全部聞いてな、買うてきたんよ」

と気付けば、コウイチがいつ産まれても大丈夫なように、全てセッティングしてくれていた。

小さなベッドの上には、小さな服と、赤や黄色のカラフルな歯固めや、ガラガラ、おしゃぶりなど、ありとあらゆるものがそろっている。つわりが酷くてご飯が食べられない時期には、高級メロンやフルーツをたくさん買ってきてくれたり、私が落ち着くように「妊娠中に聞きたいクラシック音楽100選」というCDを買ってきて流してくれたり、私が無事に臨月を迎えられたのも、あっくんがサポートしてくれたおかげ。妊娠中、あっくんも二人三脚で赤ちゃんを育ててくれた。

「あっくん、本当にありがとう」

ガラガラを手に取りながらそう言うと、

「それはそうと、今にも出てきそうな腹やな（笑）」
　といって笑った。

　　　　　　　■　■　■

　ある早朝、お腹の痛みで目が覚めた。
　もしかして、陣痛？
　初めての出産の私には、もちろん陣痛の痛みが分からない。ただお腹が痛いだけ？　あっくんを起こそうかどうか迷っていると、
「なんや、どないしたんや、痛いんか？　陣痛か？」
　と私の様子を、すぐに察知してくれた。
「いや、分かんないケド、お腹が張ったような感じがして、でも大丈夫だと思うんだけど」
　と言うと、
「そりゃあかん！　すぐ病院行ってこい！　タクシーよんで病院に直行や！」
　と既に携帯でタクシーの番号を押していた。
　私は不安だったけど、パジャマ姿のままタクシーに乗り込んだ。
「運転手さん！　大急ぎで、でも安全に頼むわ！」
　とあっくんは運転手にそういうと、私に
「後から入院道具持っていくから！　連絡してな！　大丈夫やから！」
　と言い、タクシーは走り出した。
　慌てて、病院で診察してもらうと

「うーん、まだだねえ子宮口は開いてきてるケド、まだ出てこないみたいだね」

　私はタクシーで元来た道を引き返した。私はあっくんに申し訳ない気持ちでいっぱいだった。

「あっくん、ごめんね、まだ、大丈夫だった。タクシー代往復で2万円近くかかっちゃったし、もったいないことしちゃったね」

「何言うてんねん！ かめへん、かめへん、とにかくちょっとでも痛なったらな、一日何往復でもしたらエエんや」

　私はその言葉を聞いて、涙が出た。

「命は、何にも代えられへんからな、何かあればヘリコプターでも呼んだるわ」

　といって笑った。

　それから2日後、またお腹に違和感を感じたが、前回のようなことになると申し訳ないし、ちょっと様子を見ようとしていた、その時、

「お前、また腹痛いんちゃうんか？ 痛そうな顔しとる」

　触角がどこまでも長いあっくんには、全てお見通しだった。私のちょっとした、しぐさや顔色をすぐに感じ取ってくれる。

「う、うん、ちょっと」

「そりゃあかん！ すぐ行こう！」

　また、すぐにタクシーを呼んでくれ、私たちは乗り込んだ。

　タクシーの中で「ごめんね」と謝ったが、あっくんは「そんなん、全然かめへんねん、ただな、お前も毎回俺に気兼ねするのも何やし、お前自身が不安やと思うから、今回ももし、陣痛じゃなくても、

俺が病院に話したるから、そのまましばらく入院したらエエ」
「えっ、そんなの出来るの？」
「いや、分からん（笑）分からんケド頼んでみたる」
　と笑って言った。今の私にはとても頼もしかった。
　病院に着いて、あっくんは、
「ちょっと話してくる」
　と言い、上の階に上がっていった。私は診察室に行き、一通りの診察を受けると
「う～ん、もうすぐなんだけどね、まだ、お母さんのお腹にいたいみたいだね」
　と担当医は優しく言った。
　その時、「ちょっと、先生」とナースに呼ばれ、しばらく待っていると、戻ってきた先生は
「それで、旦那さんからの要望で、ゆっくり寝かせてあげて下さい、とのことだから、お部屋の方に案内しましょうね」
　と、そう言った。"えっ？"と一瞬思ったけど、きっとあっくんが、身振り手振りで、あーでもないこーでもない、と全身全霊で、交渉してくれたんだろうな、と思った。その様子を想像して、クスッと笑った。
　部屋に案内されると、あっくんは既にソファに座っていた。いやいや、ソファ？　って。その部屋は、想像していた相部屋ではなく、個室の病室で、豪華なベットに、テーブル、ソファにお風呂、ドレッサーに大きなテレビに冷蔵庫、私が20歳の時に住んでいたワン

ルームアパートよりも広かった。

　口を大きく開けたまま、私はそこに立ち尽くした。
「はよ、横になっとけや」
　といわれ、我に返って、
「いやいや、こんな、広いお部屋。でなくても」
　と言うと
「いや、ここしか空いてなかったんや」
　と笑い、ホテルみたいなこの部屋、一体いくらするんだろう……と気が気でなかった私に、
「ここやったら、２週間でも３週間でも泊まれるらしいから、好きなだけここにおったらええねん。とりあえず、着替えや荷物を持って来たるさかい」
　と言って立ち上がった。
　本当は、他の相部屋も空いていたんだろう、でも、私の快適さを考えてくれて、このホテルみたいな部屋を、私とコウイチの為に、選んでくれたれたのだと思う。
　しかし、出産前に入院って出来るもんなのかな？　一体、あっくんは誰に、どんな話をしたんだろう。相変わらずの手腕に、凄いなと感じ、あっくんの優しさに感謝した。
　そのホテルみたいな部屋はすこぶる快適だった。その夜、あっくんは、着替えと雑誌と、食料と栄養ドリンクなど、冷蔵庫いっぱいに買ってきてくれ、「産まれそうになったら、夜でもええから連絡してな！」と言い、速足で帰っていった。至れり尽くせり、まさに

こういうことを言うんだろう。

■　■　■

　私は、先生に教えてもらった、出産を促す方法を試した。それは、階段をゆっくり昇り降りすること。あっくんが帰ってから、すぐそばの階段を、ゆっくり昇ったり降りたりを繰り返した。重い体を動かして、
「こうちゃん、そろそろ、出て来てよ、お母さん、早く会いたいよ」
と声をかけると、こうちゃんからの返事は返ってこなかった。
　どうやら、私のお腹は相当居心地がいいらしい。
　翌朝、朝食を食べ終えると、あっくんが来て顔を出してくれた。
「大丈夫か？」
「あっくんのおかげで、最高だよ！　ホテルみたいだし、安心して寝れたよ」
「ほんまか、俺も泊まろかな（笑）」
　などと、話をしていたその時だった。
　例えて言うと、お腹の中で漬物石が30センチ位の高さから、骨盤に落下したような衝撃があった。「ボン」と確かに音が鳴った。
　その直後、この世のものとは思えないくらいの痛みが襲ってきた。あっくんは大急ぎでナースを呼び、まもなく、分娩室の隣のお部屋に運ばれた。
「頑張れや！」

あっくんは、待合室から大きな声で応援してくれた。

　私は、痛みには強いほうだと思っていたし、出産は痛い痛いというけど、自分は我慢できるだろう、と、本気で思っていた。その日までは。

　前言撤回、思いっきり白旗をあげた。なかなか表現しづらいが、分かりやすく言うと、めっちゃお腹痛いのに、トイレに行けないのが４、５時間続くような感じだろうか。

　私は骨盤も痛くなるタイプのようで、前出に、プラス腰をハンマーで叩かれ続ける痛みもあった。とにかく、痛かった、"母強し"って言うけど、そりゃ強くなるわな、と、全てのお母さんに敬意を表したい気持ちだった。

　何はともあれ、分娩台にやっとあがれる所まで辿り着いた。

　汗だくでボロボロだった。

「はい、いきんで～」

　５時間待ったこの言葉、私はこれでもかと言うくらい、全力でいきんだ。

「こうちゃんがもうすぐ出てくるんだ！お母さん、頑張るから！」

　それからは、早かった。高橋先生もびっくりの早さだった。

「最後だよ、もう頭出て来てるよ！はい、もう一回！」

　私は、最後の力を振り絞った。

「ぎゃ～～」という勢いのある大きな声が聞こえた。

「はい、元気な赤ちゃん産まれたよ」とすぐ抱っこさせてくれた。

「こうちゃん、会いたかったよ～やっと会えたね」

と言って、まだ皺皺で、目も十分に開いてない感じのこうちゃんを抱きしめ、号泣した。

　涙と鼻水でぐしゃぐしゃだった、とにかく、嬉しかったし、無事産まれたことと、出産が終わったことで脱力した。

「あれ、スミカワさんの旦那さんと連絡つかないな」

「あ、とれたみたい、さんま食べてたって（笑）今、こっち向かってるって」

　とかナースが笑いあって、話しているのが聞こえた。

　あっくんのことかな？　多分あっくんのことだろう、さんま食べてたって。ぼんやりとした意識の中で、相変わらずあっくんは、と笑っていた。

　病室に戻り、横になると、あっくんが

「ごめんごめん」

　と、慌てて戻ってきた。

「あっくん、無事産まれたよ～」

　とまた泣きながら報告した。

「今、新生児室行って、見てきたで！　頑張ったな～。いやな、ナースに聞いたら、産まれるまでまだまだかかる、言うてたからな、その前に食堂あるやんか、そこでな、さんま食うてたんよ、その後コーヒー飲んどったら、電話来てな、産まれたいうから慌てて戻ってきたんよ」

　といつものように、大きな声で説明してくれた。

「うん、さっき、ナースさん達が話してたよ」

と笑った。

その時、

「旦那さん戻ってきたので、赤ちゃん、来ましたよ〜」

と、こうちゃんが病室に運ばれてきた。あっくんは

「お〜俺に似て、サルみたいやな〜（笑）」

と言いながら、さすが、慣れた手付きで、ヒョイっとこうちゃんを抱き上げた。

おくるみで包まれた、小さなこうちゃんは、小さな小さな手をグーにしながら、つぶらな瞳でじーっと見つめていた。また、涙が勝手に流れてきて、止まらなかった。

「ありがとうな、こうちゃんもお前も無事で、ほんま安心したわ」

とあっくんは言った。

「私のほうこそ、ありがとう」

こうちゃんは、一つ大きくあくびをした。

■　■　■

余談ではあるが、出産後、あっくんは、高額医療控除の話から、いろいろ調べていく中で「出産したら行政が仰山お金くれるみたいやぞ！」と、出産一時金というもの存在を知り、あれよあれよと、早速手続きしてくれた。

その結果、病院の費用は無償になったどころか、その倍ほどのお金が振り込まれてきた。私の役員報酬が高かったおかげで、３ヶ月

分相当の収入手当が入り、あっくんは、
「坊主丸儲け！ 妊婦丸儲けやな！」
　とニカッと笑い、
「よし、この金で引っ越しや！ ちょっと行ってくるで！」
　と電光石火の如く、引っ越し先を探しに行ったのだった。
　私は、小さなこうちゃんの寝顔を見ながら、クスッと笑った。

こうちゃん誕生！

あっくん＆こうちゃん
はじめてのご対面。

CHAPTER 55
東日本大震災

　コウイチが産まれて3か月ほどし、我が家は、東京の下町、スカイツリーの目と鼻の先、墨田区の京島に引っ越した。そこは、昔ながらの商店街や、公園が近くにあり、子育てするには、抜群の環境だろうと、あっくんが選んでくれたものだった。

　URの高層マンションの37階で、マンションの住人も家族連れが多く、安心して生活できた。玄関ドアを開けると、すぐ脇には、2畳ほどのウォークインクローゼットがあり、ベビーカーや自転車などが置けるほどの広さがあった。室内に入ると、丁度正面に、大きな窓ガラスがあり、千葉のあたりまで一望できた。

　私たちは、ベランダに出て、東京ディズニーランドからあがる花火を見物したり、建設中のスカイツリーの完成を楽しみにしながら、そこでの暮らしをスタートさせた。

「出産前後は大変やから、実家に帰った方がええんちゃうか」と、あっくんは私を気遣ってくれたけど、私は世間一般でいわれるマタニティーブルーや産後ブルー、育児のストレスは感じたことがない。誰も身内がいない東京でも、私は言葉にできないほどの幸せに包まれながら毎日を過ごしていた。

　コウイチは夜泣きもしたし、少しでも私の姿が見えなくなるとすぐに泣き出してしまうので、私はトイレに行く時もコウイチを抱っ

こして入っていた（笑） でも、それをストレスだと思ったことは一度もない。むしろ、育児に追われ、クタクタになる時こそ幸せが増していくのを感じるのだった。

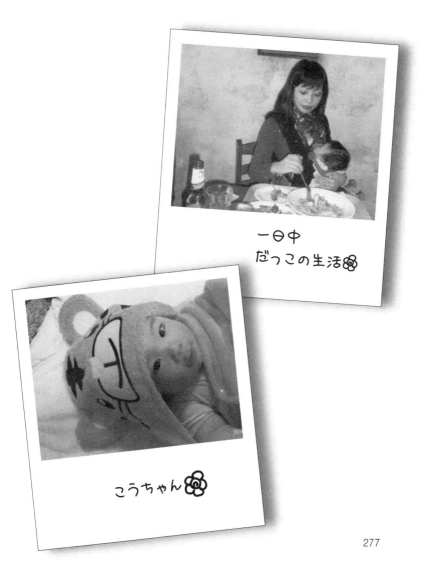

一日中
だっこの生活🌸

こうちゃん🌸

そんなある日、近所のペットショップに行った時、奇跡の出会いがあった。コウイチが産まれた日の、次の日に産まれた、ベンガルという品種の小さな猫がいた。ケージの中のその猫は、つぶらな瞳でこっちを見て
「ニャ」と短く鳴いた。私たちは一瞬で
「あ、家族だ」
　と思った。なぜだか分からないが、その猫が何か特別な存在のように思えた。お互い猫を飼った経験はなかったが、迷わずすぐに連れて帰った。
　いたずらっこの、その赤ちゃん猫には、「コテツ」という名前がつけられた。"じゃりン子チエ"に出てくるコテツみたいやから、らしい。
　コテツは、私たちや、ソファやテーブルにいたずらしても、絶対幼いコウイチにはいたずらしなかった。ミルクのいい匂いがしているからか、猫の本能なのか分からないケド、いつも、コウちゃんのすぐ傍で丸まって眠っていた。もしかしたら、コテツは、こうちゃんを守っていたのかもしれない。二人はとっても仲良しで、同じようにスクスク育っていった。
　私はというと、毎日最寄りの曳舟駅から電車に乗り、神田駅近くの事務所まで、ベビーカーを押して出勤し、コウイチをおんぶしながら仕事に励んだ。業者との打ち合わせで、泣き叫ぶコウイチをあやしながら、話をしたこともあった。
　苦虫を潰したような顔をされることもあったが、大半は好意的に

接してくれていた。あっくんのサポートを受けながら、会社の業績も右肩上がりに伸び、公私ともに、まさに、順風満帆であった。

■　■　■

　桜のつぼみも膨らみ始めた、ある昼下がりのこと、私たちは、久しぶりの休暇を自宅で満喫していた。
　コウイチは１歳を過ぎ、ハイハイで縦横無尽に動き回っていたかと思うと、もうあっという間に歩き始めていた。
　同じくコテツも、二回りほど大きくなった体で、「コテツ！」と呼ぶと「ニャ」と返事をし、（私たちは、きっとコテツは、前世は人間で、言葉が分かると確信している）相変わらずコウイチの傍が好きだった。
　その時だった。
　突然、床がグラッと揺れた。自分一人ではとうてい立っていられないほどの激しい揺れ。ベランダの網戸が、バッタンバッタンと音を立てながら右へ左へ往来し、家具や電化製品がきしむ音がした。
　地震だ。しかも大きい。42階建ての巨大なタワーマンションが激しく左右に揺れた。あまりのことに身体が硬直する。いままで経験したことのない地震だ。
　このまま建物が倒壊するのではと思うほどの揺れに、恐怖で身体が震え上がった。
　私は咄嗟にこうちゃんを抱っこし、あっくんはそれに覆い被さる

ように重なり、3人揺れが収まるのを待った。コテツは一人、パニックになり、どうしたらいいか分からない様子でこちらを見ていた。

あっくんが「コテツ、こっち来い！」と叫ぶと、コテツはいつものように「ニャ」と短く鳴き、傍にダッシュで走ってきた。信頼しているご主人さまの膝に抱かれ安心したようだった。

依然揺れは収まらず、命の危機さえ感じたが、阪神大震災を経験しているあっくんが、耐震対策した我が家は、皿の一枚すら割れなかった。

しばらくすると、揺れは収まり、家族が無事でホッとはしたものの、この地震が尋常ではない規模だということはすぐに察しがついた。しかしその時点では、どこが震源で、どれだけの被害が出ることになるのか、想像することさえできなかったのだ。

2011年3月11日。

のちに「東日本大震災」と呼ばれることになる未曾有の大震災に、私たち家族も巻き込まれたのだった。

私たちは、停電のため止まったエレベーター脇の階段を、コウちゃんとコテツを抱えながら、37階から一段一段降り避難した。

そこには、同じく不安顔の人々が集まっていた。2時間ほどそこにいて、余震も収まった頃、また階段を昇り帰宅した。

停電が復旧し、つけたＴＶを見て絶句した。東北三陸沖で、巨大な津波が街を飲み込む映像が流れていた。

仙台でよく釣りをした漁港も、海水浴場も、小学校の時訪れた岩手県三陸町も、全て、真っ黒な津波が押し寄せていた。

更に、拍車をかけるように、福島の原発が、メルトダウンの危機にあるというニュースが日本中を恐怖に陥れた。メルトダウンすると、チェルノブイリ原発事故よりも甚大な被害があるという。
　私は慌てて、実家の家族に電話をしたが、繋がることはなかった。
　津波と原発事故のニュースが繰り返し流れ、輪番停電や、節電の影響で、どこにいっても真っ暗で、不安からか、人々は買い溜めに走り、ミルクや紙おむつ、牛乳、パン、生活用品がスーパーやコンビニの棚から消えた。
　流通がほどなく復旧しても、日々の混乱は続いていた。
　何よりも人々を、出口の見えぬ暗闇に追いやっていたのは、原発事故とそれに伴う放射性物質によるものだろう。一部の専門家からは、放射線による影響をもっとも受けやすいのは乳幼児であることと、将来的に甲状腺がんを引き起こすリスクが高いことなどが指摘されていた。
　コウイチは地震のあとも元気に過ごしているように見えた。家族の生活の拠点はここにある。会社も経営していかなければならない。
　だが、これからコウイチが成長していくうえで、彼の身に万が一のことがあったとしたら、私たちは、取り返しのつかない重い十字架を背負うことになるのではないか……。
　しかし、現実はそう簡単なものではない。
　苦労に苦労を重ねてやっと軌道に乗りかけた会社のことを考えると、今すぐ東京を離れるなんて、無謀で不可能なことにも思えた。知り合いに相談しても「気持ちは分かるけれど、現実的には東京に

いるのが最前策だ」とも言われた。
　そのことをあっくんに告げると、あっくんはあっけらかんとして言った。
「沖縄やったら放射能も飛んでこーへんやろ……そや！沖縄行こ！沖縄はええで〜。南国や！楽園や！」
　私はぽかんと口を開けて、ようやく次の句を継いだ。
「会社はどうするの？　仕事は？」
「何を言うてるねん。アホか？　仕事？　会社？　そんなもん、また１からやったらええだけやねん。お前、もともと乞食みたいな生活してたんやろ。全部失くしても元に戻るだけやね！　沖縄で１からスタートして、俺ら乞食になっても、それも人生。楽しいもんやで〜」

　私は、あっくんのいつもの豪快な笑いに、決心を固めた。
　沖縄に引っ越そう。
　私たちの願いは、ただ一つ、
　コウイチが健康で元気に、育ってほしい。

　それだけだった。

　会社も本社移転することを決めた。
　容易なことではないのは、覚悟の上だった。
「人生覚悟」
　ここでもまた、この言葉が私たちを支えた。

この人と一緒なら、どんな困難も乗り越えられそうな気持ちになれる。

　何度も言うが、あっくんは本当に不思議な人なんだ。

CHAPTER 56
めんそーれ、沖縄

　私たちは、遂に海を越え、東京から1600km離れた楽園の島、沖縄に引っ越した。ここなら、放射能の心配もない、停電の心配もない、食料も日用品不足に悩まされることもない。何よりも、安心・安全に暮らせることに安堵した。

　ところが、引っ越し日当日、東京からの荷物は、フェリーでの運搬となったが、季節外れの巨大台風により、荷物は当然遅延し、豪雨と強風で外に出ることもままならなかった。巨大台風は、窓ガラスが割れるのではないかと思う位の脅威で、沖縄の洗礼を浴びたような気がした。

　しかし、あっくんにとっては、それも想定内であった。

　那覇市新都心に建つ、引っ越し先のマンションから徒歩1分のホテルに、引っ越し日の3日前から滞在し、2週間ほど予約していたからだ。

　私たちにはいくらでも時間はあったし、引っ越し日がいつになろうが、大したことではなかった。

　沖縄での、暮らしのヒントにもなる出来事であった。

　それから、本社機能を移転するため、あっくんは、東京と沖縄を行ったり来たりする生活を半年ほど続けた。私はコウイチを連れて、

空きテナントの下見に行ったり、沖縄での事業展開を構想したりしていた。

　私たちが、沖縄での暮らしにも慣れ、台風対策も紫外線対策も覚えた頃、自宅近くに小さな事務所を借り、本社移転が完了した。

　これで、晴れて沖縄本社となり、新たなスタートを切ることができた。

　紆余曲折あったが、沖縄の暖かい方々の支えのお陰で、1年後には、何とか軌道に乗せることも出来た。

　オムツをつけたままのコウイチも、インターナショナルスクールに通い始め、東京から一緒に来た猫のコテツも、すっかり沖縄の暮らしに慣れ、もう一回り大きくなった。

　私たちは、この新天地、沖縄の大地で、また新たな1ページを共に、刻んでいくのであった。

［完］

EPILOGUE

EPILOGUE　AKIHIKO

　神戸の方言で、アホな奴のことを「ダボな奴」と言う。

　そして、ハゼという魚は、2100種類以上が全世界の淡水域、浅い海水域のあらゆる環境に生息し、もっとも繁栄している魚のひとつである。餌は何にでも食らいつき、時には餌のついてない釣り針にも喰いつくことから、初心者でも簡単に釣りあげることができ、またその愛嬌たっぷりの顔で、釣り人からからも愛されている。
　長い距離を持続的に泳ぐのは苦手で、短い距離をサッと泳ぐことの繰り返しで移動する（笑）運動能力の低い底生魚ゆえ、体色は砂底や岩の色に合わせた保護色となっている。砂泥底に生息するエビの巣穴に同居し、共生することが知られている。テッポウエビは巣穴の改修と拡張を行い、ハゼは外敵が接近した時に視力の悪いテッポウエビ類に代わって外敵をいち早く発見し、テッポウエビに知らせて共に巣穴にもぐりこむ。

　ざっとハゼの生態を説明すると、まあ、こんな感じだ（笑）

　きっと俺の前世はハゼだったに違いない……しかも、アホなことばかりやらかす。まさに、ダボハゼだ。

俺は、50年以上生きてきて、それまで、何ひとつ誇れるものが無かった。逮捕されて刑務所に入り、金や家、財産、そして家族まで失い、ドン底人生になったとき、手を差し伸べてくれる人もわずかにいたが、ほとんどの人間は「ざまあみろ」と俺のことを嘲笑した。
　結局のところ、俺の周りにいた人間は、同じ"志"をもつ、"同志"ではなかった。
　ただ上っ面だけの、薄っぺらな人間関係だったのだ。

　だが、それもこれも、全ては身から出た錆。つまりは、自分自身にそれだけの"徳"が無かったということだろう。
　だから、当時の俺には、誇れるものが何ひとつ無かった。

　しかし、そんな落ちぶれた俺ではあったが、あの日、あの時、あの場所で、1億人のなかから、ヨシエを探し当てることが出来た。
　そして、俺は、自分の夢を、ヨシエに託すことができた。
　自分が成し遂げられなかった"志"を、ヨシエが確実に受け継いで夢に向かって、共に全力疾走してくれている。
　もし、俺がこの先死んだとしても、多分、いや、確実に、ヨシエは、バックミラーに映る景色などには脇目もふらず、俺の夢を叶える一心で、ひたすら走り続けてくれるだろう。
　だから、俺は、今、自分で自分のことを思いきり誇れる。
　ヨシエを、あの場所で探し当てられたことを！

本書を最後まで読んでくださり、本当にありがとうございます。心より感謝いたします。

　私と関わってくださったすべての人の未来が、素晴らしく希望に満ちたものでありますように。

　感謝

　　　　　　　　　住川　明彦

EPILOGUE　YOSHIE

　あの、イルミネーションでの運命的な出会いから、ちょうど10年を迎える。光陰矢の如し、とはよく言ったもので、我が社も8期目決算を無事に終えた。

　上り坂、下り坂、そして、予測不能の"まさか"も経験したが、たくさんの人に支えられながら、なんとか沖縄で、今期も増収増益で終えることが出来た。

　コウイチは、毎日小学校に元気に通っている。インターナショナルで磨かれた英語力で、6歳の時に英検4級を取得し、今では、海外に行ったときには、私の通訳になってくれている。

　10年前、初めての飛行機、初めての海外、見るもの全てにワクワクし、聞くもの全てに驚嘆していた私も、あれから、国内外問わず、いろんな所に連れて行ってもらい、自分で言うのもなんだが、いっぱしの旅行の達人となった。

　コウイチは、1歳で飛行機に乗り、2歳で初海外を経験した。シンガポール、タイ、カナダにイタリア…etc…。私たちのパスポートを開くと、たくさんの国のスタンプで彩られている。もちろん、コウイチもマイレージが山のように溜まり、ステータスカードの勧誘の電話が来たくらいだ。航空会社の人も、まさか、スミカワコウイチが6歳児とは思わなかったのだろう。

あっくんは、沖縄で10年ぶりのゴルフを再開した。沖縄でゴルフ仲間を探し、早速誘ってもらった10年ぶりのラウンドで、見事ホールインワンを決め、あっくんの華々しいデビュー戦となったのは、言うまでもない。相変わらずあっくんは、持ち前の運の良さをフルに発揮した。

　一方で、相変わらずの電光石火は健在で、沖縄に来て4年目、遂に私たちは、2階建ての小さな家を建てた。あっくんは、設計から施工まで、細部にわたり、実際に住んだ時の住み心地を追求して、あれやこれや試行錯誤してくれた。その甲斐あってか、白と青のギリシャ調と、沖縄風がコラボしたような外観の、素敵な家が出来上がった。中庭には、犬のパピ、インコと陸ガメとすっかり5匹の猫のボスとなった小鉄が、悠々自適に暮らしている。

　小鉄は皆のことをすぐに受け入れ、今の生活も気に入っているようだ。沖縄の暖かい土地で、ひがな一日、ゴロゴロ寝ている。コウイチに「小鉄は一日、ダラダラしてていいな～」と言われながらも素知らぬ顔で、大きな欠伸をするのだった。

　私たちの珍道中は、まだまだ続いていくだろう。決して楽な旅はない。道中には、幾多の困難が待ち構えている事だろう。大きな壁もきっとある。挫折することもあるかもしれない。

　しかし、私はあっくんからたくさんの事を学び、いろんなことを経験してきた。だから、私は知っている。

人生覚悟！　覚悟をもってすれば、乗り越えられない壁はない！　乗り越えられなければ、地下に穴を掘ればいい、ながーい梯子を用意すればいい、いっそ壁を壊してみればいい！
　答えは一つじゃない、頭がちぎれるほど考えれば、きっと、「目の前に道は開ける」ということ。

　　　　　　　　　　　　だから、何があっても大丈夫。

　　　　　　　　　　　　　　　　　　住川　美恵

私を変えた
あっくんの魔法の言葉

何をやってもうまくいかなかった私への言葉。

「お前は、心得違いをしてるんや。それは、運が悪かったのでも神に見放されたのでもない。ただ、お前が「こうしたい」「こうなりたい」と願う事と、その思いに対する行動が、相反するからアカンねや!」

私の座右の銘「積小為大」の意味を聞いた時の言葉。

「"積小為大"はな、小さな事をコツコツ積み上げる事とは違うんや。どんな些細な事にでも、真剣に取り組めない奴が、大きな事案に直面した時に最善の解決方法が浮かぶわけないやろ、小さな事でも、常日頃から真剣に考えろ! いうこっちゃ!」

引っ越しの時に、風水に頼って、家具の配置を考えていた、私に言った言葉。
....

「風水は考えたらええけど、方位や置くもので吉凶が左右されてるのと違うねん。禍福吉凶は人それぞれの心と行いが招くとこに来るんや!」
....

iPadに夢中で勉強をあまりしなくなったコウイチに、私が言った、**「勉強やらないと分からなくなるよ、頑張ろ!」**に、あっくんがアドバイスした言葉。
....

「努力したら報われる。だから、努力しなさい、そんな、ええ加減な事、子供に教えるなよ。努力しても報われへん事の方が多いんや。努力より、夢中になる事の大切さを教えていけ」
....

久しぶりの旅行を前に「晴れるといいな〜」「〇〇行きたいな〜」とウキウキしている私に言ったあっくんの言葉。

....

「神様は期待を裏切る達人やからな。ポジティブな事を口に出すな。神様はすぐに意地悪してきよるから、ネガティブな事を口にする方が不安になり、結果的に備えやアクションを起こせるんや！」

....

日常の中で、人が見過ごして通り過ぎていくような、自然の些細な事でもあっくんは立ち止まり、真剣に観察し花や草木、鳥や池の鯉からも、いろんなことを発見し学んでいく。
ある時、あっくんに「なんでそんなにいろんな事に気が付くの？ 学べるの？」と、質問してみた。
あっくんは、教えてくれた。

....

「簡単な事や。少しでも関わろうという気持ちがあるからや。関わろうとせえへんかったら何も気づかへんやろ。関わろうとしない事を何というか知ってるか？ 無関心というんや！ 無関心からは、何も生まれてこないんや！ 少しでも関わろうとすると、自然は大切な事を教えてくれるんや」

....

飛行機に乗っている時に、
「しかし、こんな鉄の塊が飛ぶなんて、飛行機を発明したライト兄弟って、本当に凄いね！ 偉大だね！」
と言った私にあっくんが答えた事。
....

「ヨシエ、知ってるか。
ライト兄弟が飛行機を発明した何十年も前に、飛行機を設計した人がこの日本にいたんやで！ 当時の設計図を元に、飛行機が再現されたんやけど、それが、なんと、ライト兄弟が発明したものよりも、物凄い精度が高かったんや。

でも、その日本人が脚光を浴びる事はなかったし、知ってる人も少ない。現にお前も知らんかったやろ。なぜかわかるか。

それは、アクションや。ライト兄弟は、設計図を現実に作り飛ばした、つまりは、アクションを起こしたんや。
机の上の、頭の中の設計図を眺め、『あーでもない、こーでもない』言ってるだけでは、いつまでたっても飛行機が飛ぶことはないねん」
....

ある人と考え方の違いから、議論が全く嚙み合わなくてイライラしてたら、あっくんがこんな言葉を教えてくれた。

....

「We agree to disagree!」
(私達は、分かり合えない事が分かり合えた)

....

それ以降、他人に対して何を言っても無駄だな、と感じたら、この魔法の言葉でスルーする事を心がけている。
そう、分かり合えない人と無駄な時間を費やさないことが、ストレスフリーの近道なんだ。

Dabohaze Family

Yoshie
&
Kouichi

Akihiko
&
Kouichi

Anniversary
&
Happy Days

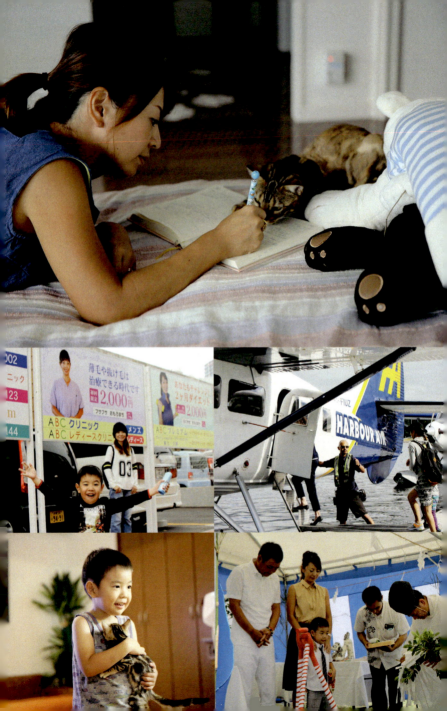

遺言

もし、俺が、この世を去ったら。
誰にも知らせずに　すぐに火葬してください。
いろんな方々に散々迷惑もかけてきたし、わざわざ私のために、通夜や葬儀の時間を割いてもらうのはしのびないので、戒名も墓も不要、遺骨はタンスの上にでも置いといてください。
ヨシエが亡くなった時には、俺の遺骨と一緒に、宇宙葬で宇宙に散骨してください。
地球の周りをぐるぐる周回しながら、ヨシエと珍道中を続けていけると思うと、エキサイティングでワクワクして楽しみです。
この先、もしも、子供や子孫たちが道に迷い、壁にぶち当たるようなことがあれば、空を見上げてください。いつも空の上から二人で見守っています。
きっと　その苦しい壁も必ず乗り越えれられると思います。
そう、人生は覚悟！
覚悟があれば、どんなことも乗り越えることができる。
覚悟がなければ、何も乗り越えることはできない！
そのことを証明するために、俺はこの世に存在したのかもしれません。
未来のあなたたちに伝えたいために。

ご意見、ご感想はFacebookページにお寄せください。
「ダボハゼファミリー」で検索！

ダボハゼファミリー

2017年8月15日　初版第一刷発行

著　者　住川明彦・住川美恵
発行者　池宮　紀子
発行所　（有）ボーダーインク
　　　　〒902-0076　沖縄県那覇市与儀226-3
　　　　tel.098（835）2777　fax.098（835）2840
印刷所　でいご印刷
ISBN978-4-89982-322-3
© SUMIKAWA Akihiko , SUMIKAWA Yoshie , 2017